文化組織

第十九號

文化組織

七月號

主張

ザラ紙文化

毎日、雨が降る。黴――しかし草木のみどりは濡れて鮮かだ。欝陶しい梅雨空を人はぶつぶつ託つ。そのくせ我等は米を食つてゐるのだ。田圃は心底まで水を吸つてだぶだぶにこねまはされ、そして水稲がみのる。日本にこの梅雨期がなかつたら、おそらく米を作らなかつたらう。干いた酒といふものがないが、麥酒は日本酒からみれば、性質的に高原酒だ。舗石を靴で蹴つてゆく固パン文化は、われら畦道づたひに都心へ出てくるもののびしよ濡れ靴の低さに適しない。下駄と混凝土の不調和の中で、わが國の矛盾文化が强引に押してゆく。いゝとか悪いとかではない。人は人の言ふことなどきゝはしない。その癖、噂さの好きな國民であることだけは承知だ、といふことは、根本的に「批判」のオーソドックスに缺けてゐるのである。クリチックの核ともいふべき自己批判の苛烈さにまづ耐える精神などないのである。さういふ意味で女性的だといふのだ。はつきりいへば「知」といふものの悦ばしさを識らないのだ。ベチヤクチヤ電車の中で饒舌つてゐる癖に、そいつの顔を見なくてもいゝやうな何等の性格的な獨自のことを言つてゐるわけではないのだ。新聞なぞもつたいぶつて讀んでゐる馬鹿なぞゐる。記事を書いたものが彼等と同じ輩が書いたことを知らないのだ。電話や電報で摑んだ「事實」は悉く揑造だといつても間違ひはない。世界は虚誕だ！　かうなつてくると自分の夢みる夢ほど確實なものがない。その事だけは自分が見、感じたのだから。かうして一たび批判といふある客觀的な論理性から脫離して、世界を混沌に歸してしまふがいゝ。すると自我だけが殘る。人はなんのかんのといつても、エゴイストだ。勿論、人は利害だけで人間關係が續けられてゐる譯ではあるまい。損することもまた樂しで、惡い子になるのもいゝものだ。天邪鬼や聖者はともあれ、エゴといふものは分泌液だ。生理的反射と考へれば、殆ど本能的に自己の生命をまもる動作だと解してもいゝわけである。そこから發する一切の慾望――あゝしてはいけない、かうしてはならぬづくめで、お互に制肘し合ひ、規約や法やをつくりあげて、道德だの社會だのと呼ぶ。だが假にもこの慾望を惡いものだと斷じて片付けてしまつたやうな僞善者面をされては、この形式主義者たちと話し合ふのを止めねばならない。さう、話するのを。元來書くといふことは非自然であり、言葉といふものは通じないものである。經驗といふことが科學的方法の基礎條件として一般化されてから、この言葉は抽象化され、ぼんくらな普遍性をもつてしまつた。百萬人の人間各自の經驗は違ふのだ。同一經驗などといふものはあるものか。みんな條件的經驗だ。同じ日本人だからとて一つの言葉が同一意味で相通ずるなどと考へるからとんでもないことになるのだ。殊に體系の違つたものは、そのドグマに、そのアポテオーズに最初から異教信者であるのだから、理解どころか感覺し合ふものすらないのだ。言葉は符號であつた相互の流通性から、それが一般化された時、もう相通じない獨白となつてしまふのである。蜘蛛の巣のやうに一定のデクションで、しかも整然と組織されて、一國の文化が出來あがつた時は、その生氣ある言葉のアンテナが、粘り氣を失つて一匹の虫すら捕へることが出來なくなつてしまふ。言葉は意味であることよりも感じることに日本的特性をもつてきた彼等が、ものもなければ感じることも出來ない古語復活や律調には贊成し難い矛盾がある。むかし我が自由詩論者たちには、口語で詩を書くといふことを眞面目に確信してゐた奴がある。詩人ともあらうものが言語と文字の區別すら出來なかつたのである。言葉と文章といふものが違ふのであるといふことすら知らないで文人だつた大時代があつた。詩となれば一個の「藝術」といふ範疇に轉換して、日常生活と表現の次元を異にしてゐるものを混同したのである。口でもの云ふことと書くことは違つてゐる。言葉は生で命數が少ないのだから、書いて石に刻む文字を考へ出したのかも知れない。ともあれ、一度書かれたものは書いた人間がどうならうと關係がないのである。それはもはや人間の言葉ではないのだ。文字といふ一つの觀念的な世界が出來ることを文化だといふならば、モニユマンタルな巨石文化はともあれ、活字と紙がその文化の土臺になる。埃及のバビイラスが近代文化の淵源をなしたやうに、あながち人間が作つたからといふわけでもないが「紙」ほど好きなものはない。ペンローズやクラムスの印刷年鑑をみてゐると、その紙の美しさには驚くばかりだ。寶石などは如何に美しいといつたところで自然石を磨いた、所謂、加工品にすぎないが、紙となれば、まさに素い木から人工の限りを蒸して、この世の自然ならぬ物質をつくり出したのであるから、従つてそれをつくり出させる背景としての文化度が惟はれる。ローマは一朝にして成らなかつたことはわかつてゐるが、これらアングロサクソンにしろ、ゲルマンにしろ、一朝にしてたゝきつぶすには手強い文化だと、紙をみながらわれ思ふのである。とところでこのわが商業資本主義下のエクバリンたちのザラ紙文化は。むかしの淺草紙《ちりがみ》よりも粗惡な紙にヂャンヂャン活字を刷りこんで、早鐘打ちに賣り飛ばすのである。大體わたしは本なんぞ買つて讀んだことはないのであるが、一體だれが讀むのか、と感嘆してゐるのである。インキ壺をのせたまゝ引つばると、壺の型だけ殘して、インキもこぼれず、紙がそのまゝひきちぎれてくるやうな紙に、わたしは再び驚くのである。もはや書籍とは永遠を書く文字を內容としなくなつたのである。竹帛どころか、その日見て捨てる新聞文化であり、赤本文化である。これは文化といふものであらうか。ひところ紙の闇取引といふものが盛んだつたといふ。それは多分、白紙ではあるまい。汚ないザラ紙だつたらう。紙は神に通じたり、髮や上にこぢつけてゐたわが古精神者たちの裔に、いやしくも白紙を闇で賣買することはなかつた筈だ　だが事實にこんな汚ならしいボロボロのザラ紙で、しかも貼ぶくれのした新刊書なるものをみる時、まさに嘆ぜざるを得ない。洛陽の紙價、ために騰れり、と。（吉田一穗）

源實朝

――無用人的性格についての一考察――

岡本潤

悲劇の主人公は美化されやすい。中學校の國史で源實朝の悲劇的最期をならつたときから、實朝といふと、何となく眉目秀麗な浪漫的貴公子の風姿が浮んでくるのであつた。『金槐集』を讀み、坪内逍遙の『名殘の星月夜』を讀み（芝居は見てゐない）、僕は實朝を業平朝臣やバイロンばりの美青年にきめてしまつてゐた。浪漫派がみんな眉目秀麗であるやうに。若くして死んだ女がみんな絶世の美人であるやうに。――僕はすつきりとした美青年將軍實朝を主人公にして、逍遙のむかうを張つた浪漫的悲劇の構想に耽つたりしたものだ。ところが何たることぞ、僕のこの浪漫的空想は、つひに幻滅の破目にぶつつかつて、混亂せざるを得ないことになつた。武田祐吉博士が實朝について書いたものを讀むと、實朝は美男子どころか、ひどいあばた面《づら》だつたといふのである。彼は幼少のをり疱瘡をわづらひ、その痕がひどく殘つてゐた。そのために人に會ふのをいやがつてゐたさうである。あばたもゑくぼといふことはあるが、何をおいてもかうなると、美青年の將軍實朝を主人公にした僕の浪漫的悲劇の構想は、根柢から瓦壞せざるを得ない。まさに浪漫主義の破產だ。ここにおいてなほロマンを求めるとすれば、バイロンのかはりに、シラノ・ド・ベルジュラックでもかりてこなければなるまい。もつとも、勇敢なガスコンの騎士はおのれの巨大な鼻を茶化して謳ふほど度胸的な風懷をもつてゐたが、わが風流將軍にはそんな度胸はなかつた。その點、むしろバイロンが跛者《びつこ》であることを、始終苦にやんでゐたのと共通するものがあるやうだ。周知のごとくバイロンは、スコットが「夢に見るやうな美しい容貌《かほ》だ」といつたくらゐの美男子であつたが、かなしいかな跛者であり、跛者であるといふ意識に死ぬまで悩まされつづけてゐた。實朝もバイロンも、貴族で浪漫主義者であつただけ、羞恥心がつよく、おのれの肉體的缺陷について纎細な神經をはたらかしてゐたのだらう。この點、スタンダアルやバルザックのふてぶてしさは、實朝やバイロンには求めて得られないものである。

おく山の岩がき沼に木の葉落ちてしづめるこころ人知るらめや

實朝はこんな歌を作つてゐる。如何にも寂しい歌であり、見やうによつては彼の厭人癖をも感じさせる。とはいへ、僕は實朝の歌から彼の生理につながる部分をさがしだすやうな好事家的な眞似はよさう。容貌の美醜にこだはるなど、まさしく有閑婦女子のわざくれである。僕の浪漫主義はすでに破産してゐるのだ。實朝があばただらうが、バイロンが跛者《びつこ》だらうが、そんなことは問題とするに足らぬ。僕は觀點をかへなければならぬ。僕の仕事は、もつぱら歴史的社會的觀點から、實朝のおかれた時代的位置、周圍との不協和、そこから發生した葛藤や悲劇等の研究に限定されねばならぬ。その觀點からすれば、この歌なども、彼の置かれた將軍といふ地位のロボット意識や、周圍との不協和がもたらした深い孤獨感の表白として受け取られるのである。

武家政治の創始者であり、幸田露伴によれば「英氣の人」であつた源賴朝の血を享け、三代の征夷大將軍といふ地位からすれば、實朝はまさに武斷的獨裁者であつて然るべきである。にもかゝはらず、彼が政治的才幹をふるつたといふ記錄は殆どないやうだ。『大日本史』によれば、「實朝資性溫雅、賴朝猜忌の後を承けて事寛簡に從ふ、故を以て將士親愛す、然れども優柔不斷にして衆心を收執すること態はず」とあるし、『日本外史』では、「實朝、人と爲り優柔、歌詠に耽溺し罪ある者と雖も歌を獻ずれば卽ち免ず、而して軍國の事は一に義時に歸す」といふことになつてゐる。これでみると、まことにだらしのない將軍である。

かういふ話がつたはつてゐる。實朝が二十二歳の時、畠山重忠が北條氏によつて誅殺され、その末子重慶法師が日光山に據つて謀反を企てゝゐるといふので、長沼五郎宗政といふものが重慶法師の首を斬つて持參した。實朝はこれに對し、人を通じて「重忠はもともと寃罪を蒙つて誅伐されたものである。その子が謀反を企てたといつても一應眞僞をたゞすべきだのに、實情をも確かめず殺してしまふとは何ごとだ」と難詰した。すると、宗政が目を瞋《いか》らしていふには、「この法師の叛意はあきらかである。臣が若しこれを生捕りにして來たならば、將軍は必ず內謁をゆるし、命を助けられるにちがひない。だから、わざと殺して來たのだ。そもそも將軍たるものが歌や蹴鞠に耽つて武備を怠り、婦女子を重んじて戰士を輕んずるやうでは世も末だ」と。家來に對しても睨みのきかぬことおびたゞしい。一見、公平らしい態度も、當時の新興武士氣質からみれば、まことに舊體制的で唾棄すべきものであつたらう。幕府を確立し權勢を擴張するためには、骨肉近親の殺戮も敢へてした賴朝の血を享けた子とは思へないくらゐだ。まことに不肖の子といふべきである。だが、實朝の身になつてみれば、冷酷無慚ともいはばいへる父の骨肉殺戮を知つてゐるだけに、反動的に血を嫌ふやうになつたのではないかとも考へられる。

明治時代になつてから、實朝の辯護を買つて出た人に正岡子規がある。彼はいふ。

「源實朝廿八歳にして歿す。身、將軍の職に在りて一事を爲す能はず、史家評して庸劣となす。思ふに實朝は庸劣爲す爲きの人に非ざりしも、年齒弱少にして威中外に加はらず、其漸く長ずるに及んで却て早く北條氏のために嫉まれ刺客の手に斃れしなり。縱令其抱負は四海を覆ひ、其材能は天下を經綸するに足るものありとするも、一事爲す無きの迹に徴して斷じて庸劣となす、强ひて辯ずべからざる者あり。」そして「政治家として如何に實朝を貶するとも、歌人として萬葉以後只一人たるの名譽は終に之を沒すべからず。將軍實朝は一事を爲さずして、廿八歳の歌人は能く成功せり。」と、極力稱揚してゐる。實朝が果して「萬葉以後只一人たるの名譽」をになふ大歌人であつたかどうか、僕は知らぬ。專門歌人と、詩人である僕との考へはちがふだらうが、『金槐集』のなかの過半數は僕にはそれほどいゝ歌とは思へない。手習ひのやうなのや模倣なども相當あるやうだ。第一、歌人としての名聲をもつて政治家としての無能をカヴァーするやうな子規の藝術至上主義的言辭は僕にはどうしても承服できない。政治家としての實朝と藝術家としての實朝との內面的矛盾は、一方的にカヴァーさるべきものでなく、彼が若干のすぐれた歌を作つたといふことによつて、いよいよ擴大され、露呈されるものだと僕は考へるのである。そして、彼の性格を決定するこの內面的矛盾は、彼のおかれた時代的社會的位置に胚胎したものにほかならぬ、と僕は考へるのである。

賴朝の鎌倉幕府創設は、個人的には彼の「英氣」によるところ多大であつたらうが、社會的には、中央貴族社會の最後の支持者であつた平家に打つてかはつた土豪（地方貴族）の政治的進出の端緒としてみられなければならぬ。平家の役割は、奈良朝から平安朝末期にいたる寄生的な中央貴族（藤原氏）の頽廢——その自壞作用に對して、勃然と起つてきた地方土豪の進出を食ひ止めるブレーキであつた。平家は地方貴族的な性質ももつてはゐたが、より中央貴族的であり、文化的にも政治的にも中央貴族の踏襲者であつた。平家にあらざれば人にあらず――彼等一門の榮華ぶりは、まさに藤原貴族の複製であつた。地方貴族から出て地方貴族を壓伏する、この反動勢力に對して、不平不滿を抱く地方土豪の中でも、最も急進的だつたのが關東土豪である。野心滿々たる關東土豪は、中央貴族に打つてかはる自家の政治的進出の最適條件として、平家と正面的に對立する源氏の遺兒賴朝を擁立した。賴朝の「英氣」は、すなはち關東土豪の勃起力を背景として軍事的手腕を發揮し、平家を打倒すると同時に中央貴族の政治的權力を廢滅させ、武家政治を確立することに成功したのである。史家の見解にしたがへば、鎌倉幕府創設は貴族的莊園制社會から典型的封建制社會への移行を示すものである。

　かうして、いちおう賴朝による源氏の制覇はなされたが、もともと源氏は、關東土豪の政治的權力伸張の好適條件として取上げられたものであり、本來、傀儡性を具へたものであつた。賴朝の英氣、その軍事的政治的手腕は、たとへ傀儡としても征夷大將軍の威權を保ち得たのであつたが、二代賴家三代實朝の時代にいたつて、本來の傀儡性はいよいよ露骨化して來た。その間、國內の安定と竝行して、生粹の關東土豪であり、源氏をうごかした原動力であつた北條氏の潛勢力は強大化し、地盤を固め、表面化して、もはや傀儡などといふものを必要としない時期に到達してゐた。將軍とは名のみ、鎌倉幕府の實權は執權職北條氏の手中に完全に掌握されてゐたのである。

　源實朝の性格を特徴づける內面的矛盾は、彼のおかれたかういふ時代的位置に胚胎したものとして理解される。實朝はすでに傀儡であるよりも、むしろ政治的無用人であつた。事實上、幕府政治から閉め出しを食つてゐたのだ。彼の生きる道は文化的方面以外になかつた。しかし、當時、武士階級による武士文化といふやうなものは未だ創造されるに至つてゐなかつた。文化的方面に生きるとすれば、平安朝貴族の文化的遺產にたよるよりほかなかつた。政治的無用人であり、事實上幕府政治から閉め出しを食はされた實朝が、詠歌・蹴鞠など平安朝貴族のあそびごとに執着したのは必然であり、むしろ宿命的ともいふべきだらう。彼がたゞのぐうたらでなかつたとすれば、おのれの無用人的宿命を意識してゐたであらう。とすれば、さきにあげた「おく山の」といふ歌なども、政治的無用人としての感懷をのべたものとして、より適切に感じられるのである。

　降るゆきをいかに哀《あはれ》とながむらむ心は思《も》ふとも足たゞずして

　これには「足にわづらふことありて入こもりし人の許に雪ふりし日よみてつかはす」といふ詞書がついてゐるが、取りやうによつては、實朝自身のことを詠つたものとして受け取られる。政治的に足を奪はれてゐた彼が、たまたま足をわづらつてゐる人に同情を寄せたものとも感じられる。

實朝の無用人的性質の增進と反比例して、彼の官位は鰻のぼりに昇つた。十二歳で從五位下、征夷大將軍、十八歳で從三位、二十歳で正三位、二十一歳で從二位、二十二歳で正二位、二十五歳で權中納言、つゞいて中納言に任じ左近衞中將を兼ねた。實朝の官位昇進は彼自身の希望要請にもよつたものだといふ。近臣大江廣元などが父頼朝の例を引いたりして諫めたが、實朝は肯かずにあくまで昇進を求めた。政治的無用人の彼がむやみに官位昇進を望んだといふ心理には、何か狂的なものさへ感じられる。無用人なるがゆゑにこそ、彼は躍氣となつて官位を求めた。これはやはり「無」の追及ともいふべき心理か、あるひは、位人臣を極めることによつて、自分を政治的に閉め出した北條氏を見返してやらうといふ子供らしい望みでもあつたのだらうか。

彼の昇進は最後までつゞき、二十七歳、建保六年正月十三日に權大納言、三月六日には左大將を兼ね、左馬寮御監となり、十月八日には內大臣に任命された。都を遠く離れてゐて大臣に任ぜられるなどは前例のないことである。しかも政治的には無用人の實朝である。實朝の官位が昇進すればするだけ、彼が將軍であるところの鎌倉幕府との間隙はいよいよ深まり、彼の無用人意識は濃厚になつて行つたにちがひない。彼は昇るだけ、それだけ「無」へ落ちて行つたのだ。實朝の身を案じる人々は、この異例の昇進を以て何か惡い前兆ではないかと危ふんでゐた。更にその年十二月二日には右大臣に任じ左近衞大將を兼ねた。そして、翌承久元年正月二十七日大臣拜賀の禮を行ふため鶴ヶ岡八幡宮に參拜の途次、甥公曉のために斬殺された。異例の昇進は、まさしく惡い前兆だつたといふことになる。

前兆はそれだけではない。以下『鎌倉北條九代記』の記述にしたがふと、「前大膳大夫中原廣元入道覺阿申されけるは、今日の事かねて示す所の候、將軍御出立の期に臨みて申しけるやうは、覺阿成人して此方、つひに淚の面に浮ぶ事を知らず、然るに今御前に參りて頻りに淚の出るは、これ常時とも思はれず、定めて仔細あるべく候か、東大寺供養の日、右大將家の御出の例に任せて、御束帶の下に腹卷を着せしめ給へと申す、仲章朝臣申されしは、大臣大將に昇る人、未だ其例式あるべからずと、是に依て止めらる、又御出の時、宮田兵衞尉公氏、御鬢に候す、實朝公、自ら鬢一筋を拔きて、御記念と稱して賜り、次に庭上の梅を御覽じて、

　　いでていなば主なき宿となりぬとも軒端の梅よ春を忘るな

其他南門を出給ふ時、靈鳩頻りに鳴き騷ぎ、車よりして下り

給ふ時、御劍を突折候事、禁忌殆ど是多し、後悔せしむる所なりとぞ語られける。」とある。こゝに至つて、歴史はミスティシズムの領域に入つてくる。ミスティシズムはまた講談宿命說にも通ずる。もつぱら歴史的社會的觀點から實朝を研究するはずの僕は、この記述を讀んで混迷せざるを得ない。實朝の悲劇たるや、まさにミスティクであり、宿命的である。賴山陽の『日本外史』もこの記述を採用してゐるし、坪內逍遙の『名殘の星月夜』も、これをそのまゝ芝居に組みたてゝゐる。歴史とロマンとは、こんなふうに實朝の悲劇を混成してゐるのである。

歴史とロマンによつて混成された實朝の悲劇は、シェークスピア作るところの悲劇『ハムレット』に共通するものがある。

How weary, stale, flat, and unprofitable
Seem to me all the uses of this world!
Fie on't ah fie, 'tis an unweeded garden
(この世の事は何もかも、もの憂く、味氣なく用も無く見える！
えい、けがらはしい、この世は荒草の茂る庭だ)

かういふデンマークの王子の獨白は、鎌倉北條氏の權謀術策のなかで手も足も出なくなつてゐた實朝の自棄的感懷として、そのまゝ持つてきてもいゝやうだ。

ゲェテは『ヴィルヘルム・マイスターの修業時代』の中でヴィルヘルムの口をかりて、ハムレットについていつてゐる。「優しい、淸らかな、そして極めて道德的な人物が、英雄となるに足るだけの感能の强さが缺けてゐるために、荷なふことも投げ出すこともできない重荷の下に倒れてゆくのです」と。源實朝が、ゲェテのみたハムレットのやうに道德的な人物だつたかどうかは疑問だが、彼が政治的無用人でありながら、將軍といふ空名のために「もの憂く、味氣なく、用も無く」此の世を感じながら、自滅の道をたどつてゐたといふところに、懷疑的なデンマークの王子との共通性が考へられるのである。加ふるに、平安末期以後鎌倉初期にかけて貴族社會に深く浸みこんでゐた佛敎の末法思想も、彼のおかれた位置から武士階級よりも貴族社會にあこがれてゐた實朝に影響するところが少なくなかつたと考へられる。末法思想は抽象的思想として流布する以上に、貴族政治の衰滅といふ社會狀態が釀成した消極的悲觀的氣分に投じたものであつた。

いづくにて世をばつくさむ菅原や伏見の里も荒れぬといふものを
玉くしげ箱根の海はけけれあれやふた山にかけて何かたゆたふ
現とも夢とも知らぬ世にしあれば有りとてありと賴むべき身を
とにかくにあな定《さだめ》なき世の中や喜ぶ者あればわぶるものあり

歌としての巧拙は別にして、かういふ種類の歌を讀むと、實朝のハムレット氣質や佛教的ニヒリズムが感じられる。實朝がどの程度に佛教に心醉してゐたか知らぬ——文獻にはいろいろあるが、どの程度に信用していゝかわからぬ——が、佛教の無常觀は、彼の無用人意識に投合するところがあつたにちがひないと想像される。

建保四年、實朝二十五歳のとき、彼は宋へ渡らうと志し、宋人陳和卿に命じて支那風の大船を造らせた。記錄によれば佛教を信ずるところから支那の醫王山へ參拜するのが目的だつたといふことになつてゐるが、果して事實さうであつたかどうか、僕は疑問をもつてゐる。名目は恐らくさうであつたらう、しかし、實朝の眞意は佛信心よりも、むしろ鎌倉脱出が主であつたらう、と僕は考へる。

遣唐使の停止後、わが國と支那との正式交渉はなかつたが私的に來朝した宋の僧侶や庶人によつて、宋文化はわが國に流入されてゐた。極盛を誇つた唐文化の頽廢以後、宋文化は支那における新文化であつた。政治的無用人であり、文化心醉者であつた實朝が、この新しい異國文化に心を惹かれたことは極めて當然であらう。國にあつては「いづくにて世をばつくさむ」といふやうな歌を詠んでゐる實朝にとつて、異國へ渡るといふことは、心の窓を開く唯一の活路でもあつたらう。その願望はエキゾティシズム以上のものであつたにちがひない。しかし、その目的もつひに達することは出來なかつた。翌年になつて船が出來上つたので由比ケ濱の海に浮かべようとしたが、地理的にいつて、巨大な唐船の出入する場所ではないので、如何に手をつくしても浮かび出さず、せつかく出來上つた船も空しく濱邊で朽ち果てゝしまつた、といふのである。海洋に關する知識が若干あれば、浮き出すか浮き出さないかは船を造るときにわかりさうなものである。すこぶる非科學的な話だが、アネクドートとしてみた場合、これは如何にも無用人實朝にふさはしい話である。浮かばない大船——それはそのまゝ實朝ではないか。なまじつか逍遙の『名殘の星月夜』のやうに、おふくろさんに泣きつかれて渡宋を思ひ止まり、自殺しかけたりするセンティメンタリズムよりは、浮かべようとしても浮かばないといふ方がはるかに實朝的である。

歌人實朝については、僕のやうな門外漢よりも齋藤茂吉あたりにゆづつた方がいゝ。門外漢なりに僕の好きな歌のいくつかを手あたり次第にあげておかう。

山風のさくら吹きまく音すなりよし野の瀧の岩もとどろに

足引のやまほととぎすみ山いでて夜ふかき月の影に鳴くなり

五月雨心あらなむ雲間より出でくる月を待てはくるしき
ふく風の涼しくもあるかおのづから山の蟬なきて秋は來にけり
和田の原八重の潮路にとぶ雁のつばさのなみに秋風ぞふく
雲ふかきみ山のあらしさえさえて伊駒のたけに霰ふるらし
あしびきの山にすむてふやまがつの心も知らぬ戀もするかな

次にあげる歌は、實朝の萬葉調の代表作として一般に知られるものである。

箱根路をわが越えくれば伊豆の海や沖の小島に波の寄る見ゆ
大海の磯もとどろに寄する波われてくだけてさけて散るかも
もののふの矢並つくろふ小手のうへに霰たばしる那須のしの原
ものいはぬ四方《よも》のけだものすらだにも哀れなるかなや親の子をおもふ
時により過ぐれば民のなげきなり八大龍王雨やめたまへ
山は裂け海は涸せなむ世なりとも君に二心《ふたごころ》われあらめやも

これらの調子の強い歌は、評者の「ますらをぶり」と稱するものである。實朝の武人らしい面は、いくつかのかういふ歌にのみあらはれて來てゐる。おそらくここに、彼の無用人意識に反撥する欝勃とした心の叫びがあつたのだらう。內部的に釀成された矛盾は、ここにいたつて精神の裂けめから迸發する。彼の歌にしばしば字餘りの見られるのは、そのほとばしりであるともいへる。「われてくだけてさけて散るかも」など、打ち寄せる波の描寫ではあらうが、激情的で、如何にも切迫した肉聲を感じさせる。打ち寄せ砕け散る波を見ながら、むしろ破れかぶれになりたがつてゐる無用人實朝の姿が想像される。無常觀といふやうな靜的なものでなく、むしろニイチェ的な悲觀主義の積極的能動面が現はれてきてゐる。「山は裂け」の歌と他二首「大君の勅をかしこみ父母に心はわくともひとにいはめやも」「ひむがしの國に我をれば朝日さす藐姑射《はこや》の山のかげとなりにき」は、實朝が後鳥羽上皇の勅書を拜し、御返しとして獻上した歌で、そこには北條氏打倒の默契の意がふくまれてゐたと解する說もある。齋藤茂吉は「さういふ具體的のものでなかつたと解する方がいい」といつてゐるが、眞相はどうであつたかわからぬ。しかし、北條一門では、これらの歌をどこまでも政治的に解釋し、無用人實朝を邪魔者にし、亡きものにしようといふ意向が强められなかつたとも限らない。若し、實朝に眞に北條氏打倒・幕府顚覆の意圖があり、そしてあんなに早く殺されずにゐたならば、彼は果して無用人から何に轉化してゐたであらうか。

（一六・六・一三）

悲劇に就て

わが悲しみの野獣の歌　エセーニン

倉橋顯吉

私が生きてゐる——この悲しい喜びを分けてくれるものは何處にゐる?

この一行が書かれて一年ののち、セルゲイ・エセーニンは死んでゐる。

死の一年前の彼にとつて、生きる、とは「悲しい喜び」であつた。いや、一年どころではない。一九一九年、漸く廿歳を出たか出ぬ位の若さで、彼は書いた。

再び故郷の家に歸れば
不思議な喜びに心は靜まり、
窓に迫る夕闇の靑さの中で
おれは縊れて死なうと思ふ。

エセーニンの詩のキイ・ノオトはこれだ。まぎれもない白鳥の歌である。白鳥は死に瀕して唯一度歌ふと云はれる。何と云ふことか。エセーニンは白鳥の歌を生きたのだ。話はすこし、こんがらがつてゐる。

ロマノフ・ロシヤを白鳥に見立て、詩人エセーニンをその最後の歌になぞらへる、その方がずつと判り易くて、ロマンティークだ。悲劇好みのひとの口にも合ふ。だが、果してさうか。判り易いものを拒否する事が、人間を詩に近づける。こんがらがつたものをこんがらがつたまゝで受入れよ。エセーニンが流した血は、正に血に於て受取られねばならんものだ。

いはゆる迷信といふ奴に就て、こゝで一寸書きたい。こんがらがつたものをあつさり受入れた手前、多少の道草は許してもらふ。
　大體、怪しげな身振り手振りで中途半端な精神に迎合したり、迎合することによつてうまうまとたぶらかしたりする所に迷信の特徴があるのだが、こんな面白い（とは變だが）のもあつた。昔、狐憑きなどの治癒に用ひられたといふ、實に思ひ切つて殘酷な奴だ。身中に潜んだ狐を追ひ出すと稱して祈禱を行ひ、再び身中に入らしめないために、鼻といはず口といはず耳といはず、熱蠟を流し込んで窒息死に到らしめる。凡そばかばかしい程の、人民暗黒の時代の話だが、身の毛もよだつと云ふよりも、むしろ壯烈だ。こんなことを云へば、科學的な現代人の顰蹙を買ふにちがひないが、そんな慘虐な迷信には、のつぴきならぬ人間の希望が體ごとぶつゝかつてゆく壯烈さがある。暗黒に憑かれて、未知の現實に突入する肉體、と云つてもいゝ。或は現代には通じない言葉かも知れない。
　詩はむしろこんな所に、無氣味な眼を光らせてゐるんぢやないか。

　若し私が詩人にでもならなかつたら
　今ごろは掏摸か泥棒になつてゐただらう。

と云ふエセーニンの告白は、それがあながち「小さい時からの潑剌たる氣性」の故のみぢやなかつた事を僕に考へさせる。迷信のために、目の玉をギラギラさせ乍ら横死した百姓を思はせる。

　おゝ、ハネガヤの木繁る國よ、
　お前のなだらかさはなんと胸に泌み入ることか。
　しかもお前の胸は
　鹽田のやうな苦い憂愁を堪へてゐる。

　貴族プウシュキンは、恐らくは牧歌的な田園に面し乍ら、不正の觀念を歌つた。エセーニンは何とちがふことか。田園の憂鬱は、百姓の悴エセーニンにあつて、既に死に導く生理としての呼吸に他ならない。
　鹽田のやうな苦い憂愁を堪へてゐる。
　そんなふうにしか歌へないのは無理もないのだ。社會的田園の憂愁がテーマとなるためには直接すぎる、さういふ存在のアイロニイ。逆說的なパストラール。
　エセーニンのイマジニズム美學は、だから掏摸や泥棒のエチカに何よりも近い。

　私の耳は人間エネルギイの爆音の中に溺れる。
　ああ　もう澤山だ。

アレクサンドル・ブロークは、行進する赤衞兵の列の先頭に荊の冠を戴いたキリストを立たせた（長詩『十二』）。新しい神の國、約束の地。革命のメタフィジック――。ひとりブロークにそれは限らない。革命詩人と呼ばれた若いジェネレエションはあげて宇宙主義者《コスミスト》であり、その限りに於て、一様にメタフィジックの徒に他ならなかつたのだ。エセーニンはリアリストとしては極めて逆說的な存在であつたが、さうしたメタフィジックに本能的に反撥するものを持つてゐた。

例へば人間エネルギイだ。神は居ない。目的すらも怪しい。行きあたりばつたりの惡食ぶりを發揮しながら殺到してゆくエネルギイ。

拮抗するものを孕んだ、それは現實のお喋りであり、怒號である。エセーニンはどんな革命詩人よりも端的にこれにふれた。「もう澤山だ」といふ叫びは恐らく、他でもない、この故であつた。

ブロークはネップ時代の壞血病にやられて死んでゐる。彼は見るも痛ましい目付きをして、空をつかんで死んだのであらう。エセーニンは恐らくちがふ。「梯子を！　梯子を！」と叫んだゴーゴリのやうな、手遲れの悲鳴もあげなかつたにちがひない。詩を書く鉛筆を取上るよりも、もつと無雜作に、彼はピストルを握つたのでもあらう。全く以て、想像するだけでも氣味の良い話だ。

キリストも「資本論」の著者も、これには手を拱ねいてゐるより他はない。

何故「藝術革命戰線《レフ》」に參加しないのか、と云ふ質問に答へて、エセーニンは「いや、僕は『レフ』よりももつと左翼なのだ」と昂然として云ひ放つたと傳へられる。人間エネルギイのリアリティを思へば、彼の廣言は怪しむに足らぬ。ひとりよがりの言葉の遊戯だなどとは矢張り云ひ切れないものがあるのだ。恐らくそれはエセーニンにとつて、强き精神のみの發し得る、實にナイーヴな言葉であつたにちがひない。「レフ」イクオル革命の時代にあつて、エセーニンはその樣な觀念左翼を蹴とばして終ふ。詩が自らそれと異つた、精神の地平を指してゐるのを、彼は本能的に信じ、彼の目はこの地平に深くつきさゝつてゐた。

エセーニンの答へを小兒病的だとして笑ひ去るやうな、さういふ頭の惡さが革命的であつたとすれば、これは又何と笑止な話ではないか。

みるべし、彼等の詩と稱したものは遂に韻文的な年代誌を出なかつたではないか。

エセーニンはソヴェートを非難した。恐らく誰もが爲し得なかつたやうな、それは非難であつた。

闘争のなかに生きた人々、
偉大な思想を身を以て守つた人々、
あの人たちが僕は羨ましい。
青年時代を空費して終つた僕には、
思ひ出さへもないではないか。
あゝ、恥知らずだ！
なんと云ふ恥知らずだ！
過渡時代の狭い空隙に生れた身の不運だ。

正しく間抜けてはゐる。

例へば一冊の本がある。落丁がある。耐へ難い屈辱と憤懣の思ひに身をよじらせて居る落丁。何と間抜けた無氣味さではないか。「生き抜く」と云ふ事の「さかしらごと」が、こんな間抜けの頭に判る筈はない。そして落丁の憤懣は「お取換へ致」された所で癒えないのだ。

エセーニンの死は常に俗物共の薄汚いレトリックによつて出鱈目に粉飾される。そして、レトリックは「さかしらごと」の空白を埋める綾にすぎない。傍観者の自慰を出ない。ものに衝き當つて死んだエセーニンの間抜けは、凡百の悲劇に書かれた。喜劇をロウ・ブロウとし、悲劇をハイ・ブロウとする、かの阿諛する賎民共の手で――。凡そ僭越の限りではないか。書かれたのは、野獣の歌が羊の群の中にまき散らす不安のレトリックにすぎない。

所謂エセーニンの悲劇が、あつさり歴史的なエピソードに塗りかへられて終ふには、だから、ものゝ廿年もあれば充分であらう。

新しい社會、沒落する古きインテリゲンチヤ。まことに話がそれだけであるならば、それは明日エピソードとしてしか殘らぬかも知れない。

近代決定論の暴威は、人間精神を膝下に組み敷いた。歴史的、社會的、その他その他！ ニイチエやスチルナアの反逆が、さうした制約の名の下に見失はれようとする人間の、實に背水の陣であつたやうに、エセーニンの悲劇も、血において人間を豊富にする野獸の歌として歴史を超えてゐる。歴史に還されるべきなのは、むしろ彼等のセンチメンタリズムだ。脆弱な精神は、常にニイチエやスチルナアのなかのセンチメンタルに隨喜する。感傷はずるずると後退してゆき、エピソードになり了せる。

歴史に縋り、社會に逃げ込んだ新舊のインテリ達の耳に、果してエセーニンの「わが悲しみの野獸の歌」は聞えたか。僕は極めて懐疑的だ。

試みに、ソヴエートの詩人、ア・ジャーロフの弔詩はこんな具合に始まる。

きゝたまえ、ヴィオロンが

女たちが、仲間たちが
あのやうにすゝり泣いてゐるのを。

まさに傍観者のレトリックではないか。かうした眞情の吐露も「譯の判らぬ賤民共」のゲラゲラ笑ひと相距たること果して幾許であらうか。

萬のためいきや弔詩の花束のなかにエセーニンは埋められた。賤民の好意はこゝに於て極まり、落丁の怨恨は遂に語られない。

『詩人』などと云ふ名前にびくつくおれではない。
獄の中でも、おれはお前のやうに無頼漢だ。

エセーニンをつかまへて一生引きずりまはしたダイモニオンは、マフノやロオプシンを驅つて無茶苦茶に暴れまはらせた奴だ。イデオロギイの暴風雨のなかで、どうしても頭を屈しない、精神の傲慢。切に合理の明るさを求め乍ら、似而非合理主義や間に合せのメタフィジックに斷じて妥協しない、こんな手合ひを前にして、進歩的だとか辯證法的だとかを説くことの無意味はむしろ悲劇的だ。どうやら悲劇はこんな所にあるらしい。

ラムボオは誰かへの手紙に「銅がラッパになつたからとて銅には何の罪もない」と書いてゐる。ラッパにだつて罪はない。ラッパは何も聞かない。けたゝましく、時に勇ましく、時に絶え入るやうに、ラッパは鳴るばかりだ。

修養

植物の戀愛は清潔な感じがする。ほんたうは動物の戀愛も、人間の戀愛も清潔なものなのにちがひない。この頃、私は人間をみながら、なるべく、かれまたはかの女と、植物との類似性を發見しようとつとめてゐる。チューリップのやうな女の子がゐる。サボテンのやうな男の子がゐる。みんな可愛らしい。時々、天心にむかつて、すくすくと伸びてゆく、巨木のやうな人間をみたいとねがふのだが、殘念なことに、可愛らしいのばかりで、さういふ壓倒的なやつは殆ど見あたらない。おそらく氣候や風土のわるいせいだらう。私自身も、たしかに椰子か、棕梠か、檳榔樹か、すこぶる生長する可能性のある熱帶植物の一種にちがひないのだが、殘念なことに、苔みたいに大地にしがみついてゐる。しかも、苔だつて綺麗でないとはいへない。昔尾崎翠の「第七官界彷徨」といふ作品のなかで、苔の戀愛のうつくしい描寫を讀んだ記憶がある。もつとも、今の私は、養分が足りないとみえて、食慾のはうが旺盛だが。（K・H）

コッペルニクス的轉向

花田清輝

轉向といふことが問題になるたびごとに、いつも私はコッペルニクスの名を思ひだす。これはおそらく、昔、學校でおそはつたカント哲學の記憶のためにちがひない。コッペルニクス的轉向——コッペルニカニッシエ・ヴェンドゥングとは、周知のやうに、カントが「純粋理性批判」のなかで、かれの業績をコッペルニクスのそれに匹敵するものとして、その劃期的である所以を强調するためにつかつた言葉だが——この言葉のもつ颯爽としたひびきは、およそ今日、我々の周圍で絶えず發音されてゐる、耳馴れた同じ言葉からはきくべくもない。さうして、何故か私には、轉向といへば、つねに堂々たるコッペルニクス的轉向のことを指すべきであり、誰でもがする現在の轉向は、斷じて轉向といふ言葉によつて呼ばるべきではないやうな氣がするのだ。

もちろん、かくいへばとて、私には、二十世紀の轉向者のむれを侮蔑するつもりなど毛頭なく、ただ轉向の語原學《エチモロギー》を問題にしてゐるにすぎないのだ。我々の轉向が悽慘な鬪爭のはてにうまれた、いはば紆餘曲折をへた結果の改宗であり、したがつて多かれすくなかれ、悲劇的な色彩を帶びてゐるのに反し、十六世紀の孤獨な轉向者——最初の轉向者コッペルニクスの轉向は、あくまで朗然たる轉向であり、しかもそれは不思議なことに、鬪爭の拒否の上に立つて、人目につかず行はれたのだ。ここにコッペルニクス的轉向の特徴が——いやすべての轉向らしい轉向の特徴が、最も明瞭なかたちであらはれてゐるやうに思はれる。これは、すなはち、コッペルニクス的轉向は颯爽としてゐるかもしれないが、コッペルニクス自身は、いささかも颯爽としてゐなかつたことを意味し、さらにまた、かういふ轉向にくらべると、なるほど今日の轉向は、はなはだ颯爽としないこと夥しいが、轉向の前後を通じ、闘爭をもつて唯一無二の信條とすることに變りなく、ただ闘爭の立場をかへるにとどまる我々の轉向者のはうが、コッペルニクスよりも、はるかに颯爽としてゐることを意味する。

といつたところで――もう一度斷る必要があるであらうか颯爽としてゐないからといつて、コッペルニクスを非難する意志など、私はすこしももつてゐない。どうして颯爽とすることが立派なことなのであらう。むしろ私は、闘爭が、しばしば逃避の一手段として臆面もなく採用されるばあひのあることを指摘したいくらゐだ。吠える犬は嚙みつかない。

ドラマを好む傳記作者にとつて不幸なことに、コッペルニクスは冷靜であり、愼重であり、時として曖昧ですらあつた。さうして、異端開祖流の不敵さをしめすでもなく、したがつて一度も火刑臺の焰におびやかされることもなく、悠々自適、平穩無事な七十年の生涯をおくつたのだ。にもかかはらず、かれは文字どほり回天の事業をなしとげ、同時代人の夢想だにしなかつた轉向を實現した。闘爭をしてゐるともみえなかつた人間が、實は最も大きな闘爭をしてゐたのだ。

かういふ波瀾のない平凡な生涯と、劃期的な轉向との結びつきが、ともすると我々の眼にあり得べからざることのやうにうつるといふのも、元はといへば我々が、先驅者といふものは花々しく戰ひ、不幸な死に方をするといふ、あのプルタルコス風の感傷に憑かれてゐるためかもしれない。先驅者が大して迫害もうけず、幸福な一生をおくつたからといつて、をかしいことはないではないか。いつたい、知識人の闘爭は主として書齋の片隅で行はれる。ずいぶんみばえのしない闘爭だが、その代り、案外、迫害をうけずにすむ。殊にコッペルニクスのばあひは天文學であり、比較的人間と對立する機會に乏しく、塔のなかで星ばかりながめてゐればいいのだから、天命を全うしたといつても、かくべつあやしむべきことではないかもしれない。しかし、かれの直接の後繼者である燒き殺されたブルゥノや、拷問にあはされたガリレイの運命を思ふとき、當時にあつては、天文學はなんら安全な學問でなかつたばかりでなく、いくら片隅にひき込んでゐようと望んでも、たちまち人間を悲劇の眞唯中にひきずり込む、最も危險な學問のひとつであつたことはあきらかだ。のみならず――

のみならず、コッペルニクスは、かならずしも星ばかりながめてゐたわけではなかつた。かれは數學者であり、醫者であり、政治家であり、經濟學者であり、詩人であつた。かれはハイルスベルグで貧しい人々のために無料診療を試みた。古代ギリシアの作家テオクリトスの詩を飜譯したこともある。フラウエンブルグの僧會では代表者を勤め、數多くの外交的使命をはたした。ジギスムントの懇請によつて、うちつづく戰禍のため、長い間放棄されてゐたプロシアの通貨改良に關する論文を書いたこともある。また約五六年の間、かれはアレンシュタイン市の行政官に選ばれ、掠奪をほしいまゝにする盜賊團の跳梁を全力をあげて防ぎさへした。

要するにかれは、ルネッサンス期に輩出した、あの「普遍人」のひとりであつたのだ。人間を避けるどころか、人間臭にまみれながら、かれは生活した。にもかゝはらず、かれの生活は、最後まで、いさゝかの破綻をも示さなかつた。星の觀測にしたがふときと同樣に、なにをするばあひにも、冷靜であり、愼重であつた。さうして、つねに實りゆたかな收穫をもたらした。

ルネッサンス期特有の「普遍人」たちが、次の時代の擔ひ手として、ほろびゆく時代にむかつて終止符をうつものである以上、必然にかれらは、至る處に打倒すべき敵をみいださないわけにはゆかず、この敵にたいする執拗な鬪爭から、次第にかれらは「普遍人」にまで鍛えあげられていつたのにちがひないのだが——しかし、たとへばレオナルドにしろ、エラスムスにしろ、或ひはまた、このコッペルニクスにしろ、鬪爭を回避するもののやうな奇怪な印象を我々にあたへるのは、いつたい、いかなる理由によるのであらうか。

一五一四年、コッペルニクスは、ラテラン評議員會から、他の天文學者たちに伍し、多年宿望されてゐた曆の改正を論議するための招待をうけた。すでにその頃、かれはかれの「天體の回轉について」を完成してゐたのだ。したがつて、それはかれの學說を發表し、鬪爭の火蓋をきる絕好の機會であつた。しかし、かれは行かなかつた。太陽と月の軌道に關する知識が、なほあまりにも不完全だから、曆の改正にいかに努力してみても無駄だといひ、評議員會の招待を拒絕したのだ。

かういふ用心深い態度は、浮世の辛酸がかれに敎へ込んだ「賢明な」處世術にもとづくものであらうか。それとも知識人の「本來的」な性格が、平和を愛し、摩擦を避け、ひたすら研究に精進するやうにかれを慫慂する結果であらうか。または、かれがかれの敵たちとは、くらべものにならないほど高い水準に立つてゐるので、たうてい喧嘩にならないと諦めてゐるせいであらうか。しかし、それだけでは割りきれない、何かいつさう根本的なものがそこにはある。

人間である以上、かれにもまた、全然打算的な氣持がなかつたとはいへない。好學の志《こころざし》や諦念が、かれをひき止めたといふことも、大いにあり得ることかもしれない。とはいへコッペルニクス的轉向を敢へてしたかれは、人間的であると同時に、非人間的でもあつた筈だ。さうして、絕えず我々の念頭にうかべてゐなければならないのは、鬪爭を拒否するかにみえるかれが、すこしも鬪爭を放棄してはゐなかつたといふ事實だ。

率直にいへば、私はコッペルニクスの抑制を、かれの滿々たる闘志のあらはれだと思ふのだ。かれのおとなしさは、いはば筋金いりのおとなしさであり、そのおだやかな外貌は、氷のやうにつめたい激情を、うちに潜めてゐたと思ふのだ。さうして、闘爭の仕方にはいろいろあり、四面楚歌のなかに立つばあひ、敵の陣營内における對立と矛盾の激化をしづかに待ち、さまざまな敵をお互ひに闘爭させ、その間を利用し悠々とみづからの力をたくはへることのはうが——つまり、闘爭しないことのはうが、時あつて、最も效果的な闘爭にまさるものであることを、はつきり知つてゐたと思ふのだ。のみならず——

のみならず、數多の敵を相互に闘爭させる際、各々の敵の力關係を正確に計量し、できるだけそれらを釣合の狀態に置き、その闘爭を永びかせ、やがてすべての敵の力が衰えるとき、これを一擧に自己の傘下に集めようと企てゝゐたと思ふのだ。正しくかれは調和や、均衡を求め、闘爭をさし控へてゐるやうにみえるが、それはかういふ意味においてであつた。さうして、このことは、單にコッペルニクスだけではなく、程度の差こそあれ、レオナルドや、エラスムスや、その他ルネッサンス期の「普遍人」の大部分についていへよう。何故といふのに、對立を激化しながら、對立物相互の均衡を維持し、次第にこれを克服するといふ闘爭の仕方は、行動の領域においてと同樣に、精神の領域においても試みられてゐたのであり、「普遍人」が「普遍人」になり得たのは、かゝる闘爭方法を心得てゐたゝめだと考へるからだ。克服の對象としてながめるとき、諸々の學問や藝術もまた敵だ。

たとへば、かれが詩人であり、數學者であつたとする。かれは詩と數學との對立と矛盾とを、かれの精神の世界のなかで、直ちに「止揚」することによつて、調和させようとはせず、一ぱうが他はうに負けないやうに、兩者の對立を深めてゆき、この對立を對立のまゝ調和させるのだ。かれをみちびくのは、一種の平衡感覺のごときものであり、これによつてかれは巧みに兩者の均衡を維持し、その各々が、次第にかれにたいする抵抗力をうしなふのを待つのだ。詩が數學に征服されさうになれば詩を强化し、數學が詩に敗北しさうになれば、數學に力をかす。さうすることによつて、かれの精神の世界が收拾のつかないものになりさうにみえるかもしれないが、決してそんなことはなく、むしろ反對だ。何故といふのに、當り前の言葉でいへば、これは、詩に厭きたら數學をやり、數學が嫌になつたら詩を書く、といふことにすぎないからだ。しかし、やはり、そんな風にいふと誤解されさうだから、次に這般の消息を語るソーニャ・コヴァレフスカヤの手紙を揭げて置く。

「わたしはまた仕事をはじめる氣になつて、暇のある度に、數學の問題を考へたり、ポァンカレ氏の論文に思を潜めたりしてゐます。文學的な仕事をするやうな氣持にはなれないのです。――何もかも陰氣で沒趣味です。こんなばあひには、むしろわたしは數學的なものを好みます。自分とまつたくかけはなれた世界にはいつて、非人間的な問題を語るのが面白いから。」

　これはかの女が姉の病氣に心を痛めてゐたときに書いた手紙だ。すなはち、人間的な問題のために精神の世界が支離滅裂になりさうなときに、かの女は數學に――非人間的な問題にとりつき、逆のばあひには、また文學に歸つてくる。數學と文學の對立を强化し、兩者の釣合を保たせることによつて却つて精神は調和あるものとなり、いよいよ鍛えあげられてゆき、かの女は數學者として、また文學者として、立派な業績をのこすのだ。ワイエルシュトラスの詩を解し得ないものは眞の數學者ではない、といふ言葉も、かういふ意味にとつてこそ、はじめて生きてくるのであり、詩にも數學にも直觀が大切だからさういつたのだ、ととるのでは、まことにつまらない。いかにも兩はうながら、直觀が根本的なものではあらうが、パスカル風にいふならば、數學における直觀は「自然的なる光」であり、詩における直觀は「纖細の心」であり前者が知的であるのに反し、後者は情意的なものだ。この兩者の相異こそ問題なのであり、二つの異質の直觀が火花を散らしながら、均衡狀態において共存してゐるところに、眞の數學者の偉大さがある。詩人であり數學者でもある人間の、精神の世界における詩と數學とのむすびつきを、俗流的な辯證法論者なら、かならず直觀による辯證法的統一に求め、一《ひと》色《いろ》の直觀によつて塗りつぶしてしまふ筈だ。

　さて、コッペルニクス的轉向が、かれの闘爭方法の知的な領域への適用からうまれたものであり、すなはち、數學と天文學とを對立させることに端を發し、さらにかゝる非人間的活動に對立させるのに、ヒューマニストとしての多彩な人間的活動をもつてし、すべて對立を對立のまゝ巧みに按排し、調和することによつて、はじめて實現されたものであることはもはや斷るまでもあるまい。プトレマイオスの星學書に、無數の圓――同心圓や離心圓や周轉圓の大群として描かれ、カスチリヤの王アルフォンソに、天地開闢のときにゐあはせたなら、星の位置を、もつとわかりやすく變へるやうに忠告したであらうに、とさけばせた、複雜きはまりない天體の運動は、かれの研究によつて漸次單純化され、かれは、かれが「普遍人」として、かれの小宇宙《ミクロコスモス》を組織するばあひにしめした見事な手腕を、こゝでも存分に發揮した。さうして、それまで靜止してゐた地球がぐるぐる廻りはじめることになり、ぐるぐる廻つてゐた太陽が不動の位置にをさまり、この太陽をめぐつて、星々の一族は、それぞれ均衡の狀態に置かれ、整然と自己の軌道をたどることになつたのは周知のとほりだ。以來、かれの立場はきまり、終生、かれはかれの立場を一度も變更しようとはしなかつた。それにしても、まもりとほすのにあまりにも困難な、なんといふ奇想天外な立場に、かれはたつことになつたものであらう。

ラテラン評議員會のごときは、事實、問題ではなかつた。もはや進歩派も保守派も、ことごとくかれの敵であつた。進歩的だなどといつても知れたものだ。當時、進歩派の代表をもつて自他ともに許してゐたルッターは、コッペルニクスを次のやうに批評した。

「馬鹿者が天文學全體をひつくり返さうとしてゐる。しかし聖書が我々に教へるとほり、ヨシュアが止まれと命じたのは太陽にであつて地球にではない。」

まことにおめでたいことに、コッペルニクス的轉向が、單に天文學全體をひつくり返すのみでなく、ルッターの確固不動のものと信じてゐたキリスト教全體を、根柢からひつくり返すものであることに、ルッター自身すこしも氣づいてはゐなかつたのだ。さらにおめでたいのは、保守派の代表レオ十世の態度であつた。かれは斬新なものならなんにでも興味をもつ底の人物でコッペルニクスに好意を寄せ、法王廳の內閣員に命じてプロシアに書面をおくり、太陽中心說の數學的證明を要求した。かれはこの理論を全くの假說だと考へてゐたのだ。

進歩派の漫罵も、保守派の讃辭も、コッペルニクスにとつては、無意味であつた。ほんたうのことがわかれば、かれらのすべてが、たちまち共同戰線をはり、顏いろをかへ、猛然と齒をむきだしてかれに飛びかゝつてくることはあきらかだ。しかし、そんなことは大して氣にする必要はない。何故といふのに、かれには、かれ一流の鬪爭の仕方があるからだ。すなはち、兩派の對立を對立のまゝ釣合せ、鬪爭の激化をはかり、自滅をまつこと。その間に、かれの理論が正しいものであるかぎり、それは、どんどん各方面にひろがつてゆくにちがひない。

かれは、ルッター派のひとり、ヨアキム・レテックスに、約三ヶ年にわたり、かれの蘊蓄をかたむけて天文學を教へた。劃期的なかれの著書の最初の版に、ローマ法王への獻辭を揭げた。さうして、かれの理論は、兩派の陣營內部に、白蟻のやうに喰ひ込んでいつたのだ。

おそらくヒュームのいふやうに、コッペルニクスとゝもに人間中心の時代がはじまつたのであり、いつぱんに考へられてゐるやうに、かれとゝもに、さういふ時代がをはつたのではないかもしれない。たしかにこのプロシアの天文學者は、人間を宇宙の特等席から追放し、その傲慢の鼻さきをくじきはしたが、しかしまた、それと同時に、大膽にも、かれは一緒に神を追放してしまつたからだ。いかにもかれはヒューマニストであつた。しかし、なんといふヒューマニストであつたらう。かれはすべての人間に對立し、一歩も後へ退かうとはしなかつた。かれは人間的であつたが、また極端に非人間的でもあつた。

　がヒューマニズムのもつエモーショナリズムの一面が誇張され、人間的であることと、人情的であることとが混同されてゐるこの頃、ヒューマニズムの排撃は、たしかに必要なことにはちがひないが――しかし、最初のヒューマニストたちにあつた、かういふ頑固な、非人間的な一面を、決して我々は見落すべきではないのだ。

　今日、ヒューマニストは弱々しいものとされる。そこで、一見、闘爭を拒絶してゐるかにみえるレオナルドやコッペルニクスよりも、花々しく活躍するミケルアンヂェロやブルウノのはうが、はるかに我々の周圍では人氣があるやうだ。さうして、レオナルドやコッペルニクスこそ、いかにも典型的なヒューマニストらしいヒューマニストと考へられ、かれらの業績はみとめないわけにはいかないが、かれらの生活態度は、むしろ逃避的であり、因循姑息であるとされる。飛んでもない間違ひだ。逞しい外觀をそなへてさへゐれば勇敢だと考へる、かういふ單純な連中が、その實、かれらの反對してゐるエモーショナリズムの信者以外のなにものでもないことは斷るまでもあるまい。自分自身、本氣になつて闘爭するつもりのない人間にかぎつて、派手な闘爭に喝采するものであり、さうして、喝采することによつて、わづかに自分を慰め觀念的に昂奮するものなのだ。

　しかし、人はコッペルニクスを、權謀術數にとんだ、陰險な男だと想像すべきではない。ここで私は、トルストイの「イヷンの馬鹿」を思ひだす。ルッターに馬鹿といはれたコッペルニクスと、トルストイの描いた馬鹿のイヷンとは、一ぱうが知識人であり、他はうが無智な百姓であるところがちがふが、兩者とも、そのいささかも馬鹿でないところが、その平和を愛するところが、さらにまた、その不動の信念をもちつづけてゐるところが、大へん似てゐるかのやうだ。ただ私は、イヷンはあくまで繪空事であり、もしも我々がイヷンに似ようと欲するならば、コッペルニクスにならつて、かれ一流の闘爭を敢行すべきだと思ふのだ。百姓が無智であつていい筈はない。無智から素朴さはうまれはしない。ほんたうの素朴さは――さうしてまた、ほんたうの謙虛さは、知識の限界をきはめることによつてうまれてくる。それは、ほんたうの闘爭が、一見平和にみえるやうなものだ。

　フォントネルの侯爵夫人は呟く。

「地球が太陽の周圍を廻轉することを説明してくだすつて、あたしを侮蔑したおつもりでいらつしやるの。それでもあたしは、やつぱり地球を尊敬してをりますよ。」

ポール・セザンヌ

内田巖

一

或日　ポール・セザンヌは
一杯の葡萄酒を飲みながら語つた
　我々は少し飲み過ぎた
ドミエも少し飲み過ぎたと
　眞赤な顔をして呟いた。

夕陽がサン・ヴヰクトアルの峠を赤く染めた時
エックスの街の赤い屋根は
赤く染りながら　靜かに沈んで逝つた。

青いたそがれが　青い月を引つぱつて來た。
そこで醉つぱらつたセザンヌは素足に木靴をはいて坂を下つてゐた。
　セザンヌは
　酒場を探しに街へと急いでゐた。

二

セザンヌはかんしやくを起して
サン・ヴヰクトワルの山を見てゐた。
　山は時間で目まぐるしく變化し
　鳥が鳴いてゐた。夕暮れが近かつた。

セザンヌは様々な色をパレットで吟味しながら陽がくれる迄山に向つてゐた。
いつか陽がくれて
山もセザンヌも影になつてしまつた。
そして山とセザンヌが闇の中に
黒々と立つてゐた。

微粒子哲學

J・C・グレゴリイ
宗谷六郎譯

一六一八年、即ちガレノスが死んでざつと千四百年程經つた頃、ベン・ジョンソンはスコットランドへ歩いて行つた。そしてホーソーンデンのドラモンドが彼の話を書きとめて置いた。ジョンソンは「デモクリトスの原子說を抱懷する一英國人」のことを語つてゐる。このデモクリトスの弟子と自稱し、一册の本になる程の論文と六つになる子供とを殘して死んだ「一英國人」の奇行は來るべき事態の一つの影であつた。

原子論は忘れられて終つたのではなかつた。即ちフランシス・ベーコン卿は、ベン・ジョンソンがスコットランドへ歩いて行つた頃原子を非難してゐたのである。それより四十年程前にモンテーニュがエピクロス流原子の鉤のついた尻尾を嘲弄してゐた時も、原子論は忘れられてゐなかつたのだ。ロヂャー・ベーコンがデモクリトスの誤謬を叱責してゐた第十三世紀にも、原子論は忘れられてゐなかつたわけである。併し原子論は禁じられてしまつてゐたのだ。

原子の追放はロバート・ボイル（一九二七年――一九九一年）が一九六〇年以後に原子論者、微粒子論者を檢討した時の諸論文に明かに窺ふことが出來る。彼はレウキッポス、デモクリトス、ルクレティウス、そして最も頻繁にエピクロス、或はエピクロス學派について語つてゐる。此等は古代の名前である。更に彼はガセンディ（一五九二年――一六五五年）と、デカルト（一五九六年――一六五〇年）について語つてゐる。この二人の「近世唯理論者」と古代原子論者との隔りが原子の追放期を劃示してゐる。

第十二世紀に記錄を殘してゐるマイモニデスの如きアラビヤ學派の一部に原子論は存在してゐたとは云ふものゝ、ガレノス以後の原子の追放は完全なものであつた。その他バースのアデラルドに於ける、又コンシュのギョームが、恐らく的はづれの事と思はれるが、エピクロス流の原子論に好意を示したと云つて非難された時の如く第十二世紀には原子に對する執着が散在した。第十三世紀にもボーヴェーのヴァンサンに於ける如く原子の論議がいくらか爲され、アルバノーのピーターの樣に原子に對していくらかの好意をさへ示した。併し偶々燕が來たからといつて夏が必ず來るものではないし、又偶發的な原子論や原子に對する偶然な執着が、原子論の流行を作り出すわけのものでもない。中世が原子を棄て去り、實際に見失つて終つたのだと云ふ事は一般に認められてゐる。

ポジョがルクレティウスを再發見した一四一八年から、ブルーノが焚刑に處せられた一六〇〇年の間に、原子論は哲學に於て再歸せんとするけはひを見せたが大した事もなく、實際科學には何等の影響も與へなかつた。即ちルネサンスのかの旋風もパラケルススに殆印象を與へなかつたから、ボイルは彼が「原子的な考」を聞き及びすらしなかつたのではないかと疑つてゐる。第十七世紀に入ると共に原子の復歸の機は熟して來た。デモクリトスはベン・ジョンソンの云ふ「一英國人」の弟子を持つたのである。世紀の進むと共に原子的概念はサラやセナート、更にヴァン・ヘルモンの化學に忍び入つて來た。ケプラー（一五七一年――一六三〇年）は原子論を持たなかつたが、ガリレイ（一五六四年――一六四二年）は原子的說明を示した。デカルトが次第に熟しつゝある復歸を完成し、微粒子的機械論を科學と哲學に導入結實せしめた。デカルト流の微粒子機械論が思想界を席捲し十七世紀の後半を支配したことは、人類精神史の最も劇的な挿話の一つである。デカルトの死んだ一六五〇年は單純で便利な年數だが、古代思想を近代のものより別つてゐる年である。一六五〇年以前次第に熟しつゝあつた原子の復歸は、一六五〇年以後にデカルト派微粒子機械論が說明に廣く導入されることによつて完成したのである。デカルトの微粒子機械論、これに於ては原子は二度屈服せねばならなかつた。先づ空虛の存在しないことを認めさせられたし、次に可變可分割の微粒子として復歸せねばならなかつた。それは、勝利を得た際には、凝固して再び原子となるのだが、英語に於てはボイルの著作に始めて現れたこの「微粒子」といふ言葉自身が復活せる原子の微粒子的假想についての言語學的證左である。

一六五〇年以後の微粒子の侵透は、フランス化學に於て特に顯著である。パリ大學の化學教授になつたものは皆、職務に忠實な教授らしく、その專門についての教科書や論文を書いたものだ。一六七一年にマルベック・ドウ・レッセルから抗議が出るまでは、これらの著作は微粒子について何の問題も起さなかつた。彼はその專門を支配せんとする微粒子哲學の脅威を看取したのだ。併し彼の抗議はにべもなく却けられたのである。即ち一六七五年ニコラス・レメリイは「化學講座」を刊行した。ニコラス・レメリイ！その講義が社會的關心事となつてゐたニコラス・レメリイ！美人の頰に塗る白粉で一儲したニコラス・レメリイ！フランス化學を微粒子的機械論に從屬せしめたニコラス・レメリイ！征服し行く微粒子の抗し難い侵略力はレメリイに於て明らかである。彼にあつては微粒子的機械論が文句なしに一切の抗議を無視してゐる。レメリイは躊躇するところなくその解說を微粒子に基けてゐる。何等序說もなすことなく、あたかも微粒子的機械論は化學の初めからあつたものかの如くに。

原子の追放からの復歸は一六一五年の君收師ベラーミンの「精神

の神への高揚」と、一六七八年に書かれたカッドワースの「宇宙の眞の智的體系」を對照すると明かになる。一六一五年にベラーミンが精神の教養の爲めに自然界を檢討した時には原子論を語らなかつた。カッドワースの論集は一六七八年の事態を實際に總括してゐる。卽ち當時特異な生理學的（肉體的）假説が流行してゐた。それは原子論的、微粒子的、機械論的と種々に呼ばれてゐたし又多年受入れられてゐたものとは相異してゐた。デカルトがそれを復活したのである。それは非常に判り易く、他の方法で身體の構成をいくらかでも判然明瞭に考へることは困難だつた。この樣な事態だつたのである。卽ちデカルトは古代原子論を微粒子哲學の假面の下に復活して、身體の微粒子的構成が唯一可能な構成と考へられた。ペラーミンからカッドワースに至る間に原子は追放から歸つて來た。微粒子としてのこの復歸はレメリイの「化學講座」に明かである。

デカルトによれば、全物質界は延長された物質の無限の完全に連續せる擴りであつた。空箱の一見空虚とみえる内部にも空氣があるのと同じく、見えるにしろ見えないにしろ、延長された物質を容れてゐない如何に微細な間隙もなければ、如何なる見掛の空虚もないのであつた。延長された物質——延長はデカルトにとつて物質の唯一の根原的本質的性質であつた。物質界は絶對的に連續してゐるのであつたが、無數に異つた微粒子に念入りに分けられたのだから、粒狀になつた連續體だつた。嵌木玩具はデカルトの微粒子連續體を不完全ながら象徴してゐる。裁斷されてない板は同質の連續せる延長された物質の最初の擴りに相當する。デカルトの延長された物質の擴りは無限であるからこの比喩は初めから跛をひいてゐる。神は始原連續に運動を與へてそれを碎き微粒子にした、丁度鋸が嵌木にする板をバラバラに切りとるやうに。比喩は與へられた運動の力の下に連續體が碎けて微粒子になることを、鋸が切り離つことに不完全に比較してゐるが、微粒子連續體は玩具の粗末な切片よりもはるかに細かく碎かれて、見えない微粒子に分けられるのだから、この比喩は更にふさはしくなくなる。尙又嵌木板の分けられた細片の永久的な間隙はデカルトの微粒子構造に於ける微粒子の激しい運動を除外してゐるから比喩は尙更に當らなくなる。デカルトの微粒子は、エピクロスの原子が靜止することがないのと同樣に、生きてゐて灣流が大洋を貫流し、空氣が間隙を流れる樣に、お互を貫いて流れることが出來た。このやうに復活した原子論は眞空に反對する偏見に對して讓歩してゐた。エピクロスは不可分不變の原子を表明したが、デカルトの微粒子は、或物は強く密着して原子的に侵されない粒子に類似するものはあつても、原理上可分可變のものであつた。かくて復活した原子論は不可分原子に對する偏見に讓歩した。デカルトは神の腕を碎かれ沸きたつ微粒子の連續體の背後に置いた。かくて復活した原子論はエピクロス流の天國に對する完全なる對立を避けた。何故なら古代の人心に逆つた微粒子的或は原子的からくりも、そのからくりが神によつて指導され、支配されて居れば、第十七世紀にも受け入れられたのだから。古代原子論は納得させることが出來なかつたが、微粒子哲學は第十七世紀末を席卷した。何故なら科學に於いて非常に效果的だつた粒子による說明は空虛を無くし可分粒子を許容し神の支配を認めたから。

可變微粒子を認め、空虛を排除して、原子が負けて且勝つた時、原子は勝利を得た時にはアイザック・ニュートン卿の不可侵粒子に再び固まることが出來た。第十七世紀が過ぎ去ると共に微粒子は再び不可分割な原子に固りつゝあつた。

ルクレティウス的固體は絡み合ひ纏れる原子の塊であつた。デカルト派の物理學者ロハールはその著「物理學論」（一六七二年）に於て固體に對する微粒子論者の見解を述べてゐる。即ち固體の部分は相互間の位置を保持すると。固體に於ける微粒子の定つた位置は結着するものゝ問題を緊急なものとして提起した。打割られた壺はその破片が括られ、更に破片の部分も又結びつけられてゐると云ふので常にこの問題を提起した。若しこの壺がそして破片が非常に細かく微粒子にまで碎かれるとすれば問題は一層鋭くなる。エピクロス流の原子は相互に鉤を懸け枝を搦めて固い塊となるのだつた。第十六世紀の終にモンテーニュはこの説明を疑つてゐる。エピクロス流の原子の鉤のついた尻尾を批判する人達は原子論者を當惑させなかつたか？　と彼は問ふてゐる。醫者のジョン・メイヨウは、一六七四年のその化學書の中で尙相互に引つ懸り合ふ「枝のある」粒子を假定した。ロバート・ボイルは纏れからみこぐらかる粒子の可能性を思索した。一六七五年のニコラス・レメリイの化學によれば、酸の粒子はその棘を金の粒子につき刺して、後者にくつゝくのである。世に知られてゐる密着手段は、枝を引かけること、鉤を懸けること楔を打つこと、ピンでとめること、更に膠で着ける事も微粒子の間に假定された。併しかゝる説明手段に對する躊躇は次第に增大しつゝあつた。ロハールの云ふところによればデカルト自身固體の定まつた粒子は相互に倚りかゝつて居ると想像した。即ち粒子はお互に離れ去らないから相互關係を保つのであつた。ボイルは小さい蠅の目立たない動きと、ぎつしりと群がつた蜂の集團とを指摘した。個々には目立たぬ蠅の密群は、その個々が十分に揃つて飛べば、群の形や位置を保つ事が出來よう。同樣に固體の微粒子も常に物體の形と位置を保つように目に見えない動き方をすることが出來ようといふのである。この樣なアイザック・ニュートンの所謂「協同する運動」は彼には粒子についた鉤や倚り懸る微粒子と同じく無駄なものに思はれた。空氣の壓力も亦凝集の一方法となつて現はれた。例へばボイルにとつてそうであつた如く。典型的な微粒子論的説明は鉤かけ、枝搦み、倚り合ひ、「協同する運動」、楔付け、突刺し、氣壓、その他如何たる種類の「結合物」を選び得ても、吸引する力には好意を示さなかつた。微粒子論は微粒子構造から一切の引く力、拆ける力を追ひ拂つた。哲學者達の云ふ引力は妄想的怪物だ、とロハールは宣言した。

ルクレティウスが用ひた罌粟の種は第十七世紀の微粒子論者によつても液體の説明に用ひらることが出來ただらう。液體の微粒子は互ひに滑り越えることが出來るとボイルは提言した。即ち圓く滑かですべすべしたものだと云ふのだらう。ロハールにすれば液體の知覺されない部分は絶えず動いてゐるのだつた。內部的な微粒子或は原子の運動は傳統的な液體についての見解となつた。

ロハールによれば、鹽が水にとけるのは水の粒子が鹽の粒子を衝き離し液中に擴散させる爲なのだつた。微粒子の衝擊は溶解についての標準的見解となり、第十八世紀になつてから長い間かゝつてやつと崩れていつた。微粒子の襲擊、放逐、掃拂は獨特なデカルト流說明法だつた。ロハールによれば水の粒子はそれ自身「細微物質」の澎湃たる微粒子流に押し流されて運動を起すことによつて鹽に衝き當り溶解させるのであつた。すべての液體の粒子は、この様な細微な高速の微粒子の掃拂によつて常に動かされてゐるのであつた。細微物質はデカルト流物理學の特異な原動力であつた。即ちその細かい高速微粒子の流が宇宙の中を押流すことによつて宇宙を活動させ、多くの微粒子を水車用水中の砂粒の如く動かして置くのであつた。エーテルはデカルト流の細微物質から發展したものであり、現代のエーテルはその正統をなしてゐる。

デカルト流の說明では施回する細微物質が、速く流れる川のコルクや砂粒の様に鐵の鑢屑を磁鐵の方へ運んで行ぐのであつた。磁鐵による外面的な吸引力は受け入れられなかつた。摩擦された琥珀の外面的吸引力も又納得せしめなかつた。總ての近代の唯理論者は電氣的吸引力卽ち外面的吸引力を物質的な流射物の力に歸してゐるとボイルは確信をもつて云ふことが出來た。細微物質が琥珀の中に潜在するとロハールは說明してゐる。琥珀が摩擦せられるとこの細微物質は槍の様に突き出て、薄い紙片を突き刺して引き付けるといふのであつた。「發電體から出る流射粒子が」物體を捉へて歸つて來て「粘着力のある腕」でしばしの間保持するとトーマス・ブラウン卿は一六四六年に書いてゐる。こゝではネバ〱する絲が槍の様なものにとつてかはつてゐる。若し地球が「發電體」であつて空氣が「流射粒子」であれば藁が琥珀にとびつく様に物體は地面に落ちようとするだらうとブラウンはつけ加へてゐる。重力のこの示唆された解釋は磁鐵や「發電體」が說明の手懸りであり、又空氣そのものをも含んでゐると思はれる「流射粒子」が自由勝手に假定された因子であつた當時の特徵的なものである。

ボイルはデカルト流の細微物質或はエーテルによつて轉び廻る微粒子と、古代原子論の想像した原子である本來靜止することなき微粒子との間に逡巡したが、例へば液體の中の內部的運動で動く細微物質によつて推進せしめられるものと、天然に發生するものとの間に逡巡したが、彼もその時代の微粒子の衝擊と「流射粒子」への偏執を共にしてゐる。香水をかけた手袋は目に見えない微粒子が細孔にとどまつて質を高め得ることを暗示した。流射物の非難者はかゝる物が感覺に感じ得ないことゝ粒子の中の數と速度の結合した效果を知り得ないことによつて欺むかれた。銹びたり腐つたりする物質は空中の「不規則流射粒子」の餌食になるといふのであつた。砲彈の如く擊突する粒子は細孔に入るに適した形をもつとその力を增すことが出來るのだつた。粒子と細孔はガレノスに驅殺される前の古代の醫學上の原子論にも重要な位置を占めてゐた。磁氣體流射物は天然磁石などから廣く一般的に假定されたものであり、若し目に見えぬ微粒子が護符や寶石からその著用者の身體に進み入るものとすれば、これらの傳說的な效能も滿更でたらめでもないとボイルは論じた。流射物は非常に微細で且非常に強力なものであつた。微粒子の衝撃は粒子の數、その浸透力、速度、細孔への適合性、熱の樣な普遍的因子の援助によつて效果を持つ事が出來た。かくの如き微粒子衝撃は溶解作用に於て明示される事が出來た。硝石の粒子は運動する水の粒子によつて分離され、分散され、斷えずつゝかれるのであつた。若し適合性が溶解力ある粒子が溶解力ある細孔に嵌入することを許したら溶解が起る。即ち水の粒子は琥珀を溶かすことは出來ないが、うまく砂糖を溶かすことは出來たのである。物質は微粒子攻撃を受けて、その微粒子が數多く、細孔に嵌入し得るだけ小さく、篩を通りぬけるごとく、何等作用を及ぼさずにただ流れ去るやうなことがないだけの障碍は受ける程度の大きさをもつて居り、衝動を與へるだけの重々しさをもち、且衝撃によつて引離されることがないならば、この物質は侵蝕されるのであつた。古代原子論は方法としては衝突と把捉とに便つた。而して活氣ある第十七世紀の微粒子の衝撃、微粒子の流れ、微粒子の撃突、微粒子の把捉といふ微粒子の世界には吸引及排斥の力なるものはなかつたのである。

古代原子論者は空虛を信じてゐたから、眞實に空なる細孔を認容した。ボイルは完全に連續せる粉碎された微粒子の連續體についてのデカルトの主張には再び逡巡した。デカルトにあつては物體の部分の間の細孔は、海綿の間隙が空氣に滿されてゐる如く、更に微細な微粒子によつて滿されてゐるのであつた。細微物質は屢々細孔を滿し、大きな微粒子の間隙を押流れ、又液體の「內部的」運動に於けると同じく微粒子を動かしてゐるのであつた。環流する細微物質の流れは絕えず磁鐵の一つの孔を出て他の孔に入つた。その道筋に鐵片が置かれてあればこの環流を自由に進ませないから、この金屬は重過ぎない場合は磁鐵へと運ばれるのであつた。デカルト流の粉碎された微粒子の連續體は更に大きな渦卷、渦流をもつてゐた。星は細微物質の渦の中心に位置し、地球は太陽系の他の惑星と同じく中央の太陽の周圍を旋回してゐて、太陽はこの渦の中心であるといふのであつた。原子の渦や渦流は古代原子論に顯著である。

デカルト的微粒子機構は、古代原子論がそうであつたと同じく、種々樣々に形づくられ大さをもつた粒子を根據にして世界の諸々の項目を設定し、粒子の運動によつて世界を變化あらしめてゐた。原子論の單一根元要素はデカルトの微粒子にも繰返されてゐるが、第十七世紀のデカルト主義では完全に塡つた微粒子連續體が空虛を除外した。原子的機構は神から獨立してゐたが、デカルト的微粒子機構は神性によつて導かれてゐた。エピクロス流の原子の重さはデカルトの微粒子からは除外された。即ち重さは物質の本質ではない、それは細微流動物質の衝動によつて下降せんとする傾向であるとロハールが云つてゐる。更に彼のデカルトの敎說についての說明によれば、延長が物質の本質であり、それは微粒子或は物體の不可入性又は固さの中に豫想されてゐるのであつた。

化學者が葡萄酒を蒸發すると稀薄なブランデー——近代的酒精を得る。その殘滓を蒸發すれば可燃性の油及其他の生成物を得る。王樣のすべての馬と家來の力でもハンテイ・ダンテイ（註＝英國の子守歌にある疑人化された卵）をもと通りにくつゝけることは出來ないやうに、化學者は抽出した生成物から再び葡萄酒を造り戻すことは出來なかつた。これや又類似の多くの不可能事は一六七二年のロハールの著書より引用せる典型的微粒子論者の提言を描いたのである。ロハールの見解に基けば、葡萄酒を分解することは嵌木玩具の寄木をバラまいて同時に形を變へてもとに歸すことが出來ないやうにする様なものであつた。可分可變の微粒子は原子論の破壞されない粒子が提供し得なかつた極端な解説の根據を提供した。併しかゝる説明の豐富なことが厄介千萬になつた。何故なら自然は變遷を好むと云ふものゝ、かゝる不安定な微粒子が暗示されるよりもずつと自然には安定性があつたから。微粒子は再び原子に凝固してこの樣な説明法を取消した。

　併し第十八世紀は、古代原子論より進歩した素晴らしい説明を獲得した。デカルト主義は微粒子機構から吸引力及排拆力を追ひ拂つた。古代原子論もそれを認めなかつたが第十八世紀は認めたのである。（**原子論史第三章**）

× × ×

ニュース映畫の性格

龍　不　屈

人間は本來、刺戟を好む溫血動物である。

われ〳〵の人生に於て戰爭ほど刺戟と關心を唆り立たせるものはない。その慾望と嗜好を滿足させる爲にニュース映畫は進展して來たのである。

すでに吾が國に於て、日露戰爭當時戰線の實寫が上映され、全國的に大きな反響を捲き起したものであつた。それほどニュース映畫の歷史は古いものでもあるが、急速に發展したのは支那事變勃發以來であつた。それ以前にもニュース映畫は上映されてはゐたが、それは觀客の要求に依るものでなく、むしろ製作者たる新聞社が宣傳のため提供したものであつた。ところが事變が益々擴大されるや、一切の國力は事變に集中され、必然的に國民も事變に無關心たり得なくなつた。それの進展狀態の注目がニュース映畫に向けられた。未だ曾つてこれほど多數の人間が映畫に動員された事はなかつた。その要求に應じてニュース映畫製作社、ニュース劇場が激增したが、當時はそれでもまだ觀客を收容しきれなかつたほどの繁昌振であつた。

われ〳〵の同胞が死を賭しての現實の激戰を眼の前に眺めて、その勞苦に感謝し、拍手を送り、兵士と共に萬歲を叫び共に泣いたものであつた。生々しい事實をスクリーンに再現されたことは多くの者が未だ經驗したことのない大きな感激であつた。

多くの者のニュース映畫を觀るに至つた動機は、漠然と戰況に接し皇軍の辛苦を偲ぶにあつたのだが、間もなく興味の對象が變つてしまつた。嘘僞のない描寫——そこには未だ味はつたことのない偉大なスリルを發見したのであつた。それは新しい力强い魅力であつた。それが一層ニュース映畫を繁榮ならしめた大きな理由でもある。當時、僅か十錢白銅一ケで、しかも冷房裝置の整つてゐる映畫館で、人間の最も好むところのスリルを堪能できるのだから、觀衆の殺到するのは當然であらう。そして彼等は何時の間にか傍觀者の立場に立つてしまつたといつても言ひ過ぎではないだらう。何故なら、その感銘が果してどれだけ持續し、如何なる實を結んだであらうかといふことを想ひ起してみるといゝ。即ち、夥しい觀衆の氾濫が、何時まで續いたであらうか——

△　　△

サーカスからスリルを差引いたら後に何が残るであらうか？

歯の抜けたライオンが、のそり／＼歩いてゐるのだけを觀るのなら動物園の方に行くであらう。ニュース映畫もそれと同樣である。同じやうな場面、同じやうな萬歳、戰局の膠着は目あたらしいものを發見できなくなり、彼等の嗜好を滿たしてはくれなくなつた。さうなれば新聞を讀み、ラジオを聽いてゐれば間に合ふのである。そして時時、大きな戰局の變化か、大きな事件でも起きた時にニュース劇場に行けばいゝのである。勿論さういふことが事變に無關心であり、不忠實であるといふことにはならない。各々はそれ／＼銃後の國民としての務めを果しており皇軍兵士には常に感謝を捧げてゐる筈である。

△　　△

言ひ換へれば大部分の觀衆のニュース映畫を觀る態度は、アミューズメントとして接するのであつて、一般劇映畫を觀る氣持と何ら異ならないのである。ただ、結果に於ける感銘の受け方が違ふのである。

つまり、ニュース映畫に現はれる個々の問題を社會的關心のもとに觀るのではなく、單に樂しみたいといふ個人的な興味と關心を持つてゐるにすぎない。であるから歐洲大戰が起ると、以前より數こそ少ないが、ニュース劇場に多くの觀衆が再び押し寄せたのである。彼等にとつては自己の生活に少しも關聯のないものである――嚴密にいへば違ふのだが――ヨーロッパ戰況が如何に描寫されてゐるかに大きな興味を抱いたからであつた。彼等のニュース映畫に寄せる魅力は、始めて接する火焔放射器の恐怖、機械化部隊の偉容、空襲の悽慘など、さま／＼の驚異とスリルを味ふにあるのであつた。從つてまた同じやうな場面が幾度か映されると、もう威力は感じなくなるのである。いふまでもなく、單にスリルを味はふ事のみがニュース映畫の興味の對象ではないが、お祭、風景、ファッション・ショウなどよりも、巨砲の炸裂、急降下爆撃の方を遙かに好むのである。即ち、刺戟を求める氣持が絶對的に彼等の心理を支配してゐるのである。つまり、場面の背後を見究めやうとしないのである。

△　　△

だからといつて自分は、ニュース映畫の持つリアリティを過小評價しやうとするのではない。むしろそれらの刺戟はリアルであることによつて得られるのは自明の理である。

自分はこの頃では、一、二時間の劇映畫より、僅か一〇分のニュース映畫の方に遙かに興味を寄せてゐる。では、日本のニュース映畫は秀れてゐるかといへば實につまらなく、下手なのである。だが被寫體が凡て現實であるところに限りない魅惑が秘められており、幼稚な技術を超越して、ぢかにぶつかつて來る逞しさ新鮮さがある。そして自分は常に、その中から幾多のイマジネエションを呼び起すのである。

ニュース映畫には劇映畫に比して、數多くの制約がある。突發事件の場合は如何なる光線のもとでも撮影しなければならないし、太陽は彼らの自由にはならない。被寫體が自己の自由にならない。そして、世界を揺り動かすやうな如何なる大事件でも、一秒二十四コマ廻轉するフイルムに僅か三四カット、數十秒乃至二三分で、しかも正確に、迅速に、效果的に記録され、ルポルタージュされなければならない。これらの限られた制約の枠外を出られないところに獨特の面白さがある。數カットに單純化されたそれ〴〵のカットには複雜な意味が含まれてゐるのである。一つのクローズ・アップ、一つのロング・ショットは、けつして無意味の構圖ではなく、大きな内容を效果的に表現するための必要に依つて生れなくてはならない。從つてそこには些細の嘘僞・曖昧は許されないのである。事實に對する描寫が一層冷酷であるところにより深い眞實が現出されてくる。それは近代人にとつて無限の魅力でもある。

△　△

ニュース映畫は本來、在るがまゝのものを、在るがまゝに表現すればよかつたのである。だが世界情勢の戰時化は、各國とも、ニュース映畫が中立的である事は許されなくなつた。ドイツのウフア、イタリーのルチエ、フランスのパテジュルナル、イギリスのゴーモン、日本の日本ニュースなど、何れも國家の支配下のもとに製作されてゐるのである。そして單なるルポルタージュであつたのがプロパガンダ的色彩を濃厚に加味してきた。つまり客觀性が後退し、主觀性が前面に押し出て來たのである。それはニュース映畫の持つリアリティが如何に多くの觀衆をひきつけるかといふところに利用價値を發見したからである。從つてそこにニュース映畫の質的轉換を餘儀なくされてきたのである。在るがまゝのことを在るがまゝにはうつかり思へなくなつてきたのである。われ〴〵の知らない間に、リアリティを逆用された場合があつたかもしれない。一コマ一コマが眞實であつても、エディターの鋏は逆のものを生み得るのである。この嘘は劇映畫の及びもつかない大きなフイクションである。

それにしても、人間が冷血動物にならないかぎり、ニュース映畫のわれ〴〵に與へる魔力は消え去らないであらう。

☆

演伎座の「人生劇場」を観る

清水清

原作の小説は廣く讀まれ、嘗て日活で映畫化し、新築地劇團の手で脚光を浴びた――かうした大方に知れ亘つた芝居を、演伎座のやうな若い研究劇團が採り上げる事は、一見樂な如くで可成り難しいことなのだが、敢て採り上げたところをみると、尾崎士郎の持つロマンの世界が何よりも若い座員を魅了し、多彩な登場人物の性格や行動が、今日のこの逼息した時代に生きる彼等の憧憬を表徴したものとみる事が出來る。

演出者の淸水秋良は「日本人の持つ人間美を捉へたい」――(演伎座報)――と述べてゐるが、演出、演技を通じて、さうした客觀性からの出發よりも、より主觀的な情熱と、甚だ中途半端な態度が觀てとれる。これは、單に、原作に對する咀嚼の足りなさや、計畫性の不充分を物語るだけでなく、大袈裟に云へば、リアルとロマンの定かならぬ波の中で、歸趨に迷つてゐる若い世代の今日的樣相の反映と解した方が當つてゐるであらう。

當然面白くあるべき劇の筋をもち乍ら、この芝居が潤ひのない空廻り舞臺に終つてしまつたのも、結局は今日といふ時代の激しさへ身構へる力の不足であると考へられる。演出や演技力の個々の問題より、いづれの劇團にあつても、この方が遙かに基本的な問題である。

× ×

村田修子の脚本構成は粗雜である。人物の出し入れのみ徒らに騷がしくて、事件の凝集に乏しく、各場毎に焦點がぼやけてゐる。これでは脚本と云ふより、原作の間に「幕」といふ息ぬきの鋏を入れたにすぎない。改めて云ふ迄もあるまいが、脚本の可否は劇の生命を左右する。この脚本では、如何に名演出家であつても、大した舞臺は生み出し得まい。

かと云つて、演出も滿足すべきものではない。まづ第一に演技の統一がなく、役者が舞臺の上で殺し合つてゐる感じである。特に永井智雄の瓢吉などは、自分の頭で芝居をしてゐて、舞臺の調和の缺ける事甚しいものがある。ために、最後の幕切れなどは少しも盛上らず寂寥たるものである。

× ×

土方カスミのおりんの母はミス・キャストである。むしろ土方におみね、神田時枝にお袖をふりたかつた。

若見茂の黑馬先生、下條正巳の瓢太郎、多少薄つぺらたが、野口秀夫の夏村大藏なぞが目についた。裝置の橋本欣三は相變らぬ伊藤熹朔の亞流色が濃いが、この邊で思ひきり型をくづして出直したらどんなものだらう。

(六月九日、於國民新劇場)

梅雨時の花

局 清

熱海から十國峠への山路を、自動車は幾重にも曲りくねつて登り、道端には箱根うつぎがそぼ降る雨に濡れて咲いてゐた。紫がかつたうす桃色や白や赤いのや一本の木に色が交ざつて咲き、それでゐてちつとも派手なところはなく、矢張り野末の雜草である。崖の石の間や赤土の道の端などにも、去年芽生えたやうな丈の低い箱根うつぎがあつた。餘程そのあたりから箱根へかけては土地が此の木に合ふのであらう、殆んど至る所に見受けられた。目を引く美しさもないが、梅雨時の山には花が少いので、このやうに目立つのであらうと思つた。

自動車の登るにしたがつて伊豆の海が廣くなり、曇つて大島は見えず、初島は穩かな海面に唯一つの島であつた。實朝の「箱根路をわが越え來れば伊豆の海や沖の小島に波の寄る見ゆ」といふ歌は、十國峠あたりから見た景色であらうが、若し風があり波がさわいで、青い海に唯一つの島である初島の周りに白い波が寄せてゐたら、實朝がその歌を物した感慨も思はれたらうに、その日は小雨の中に海はあまりも和かであつた。

十國峠を越えて駿河の海が見えるあたりは一面の草山で、紫のアザミが時々咲いてゐた。アザミといへば、その葉の莿の爲に何故か一般に好まれぬやうだが、寂しさに於て、美しさに於て、或ひは上品さに於ても決して見捨らるべきではない。一般には花屋で賣つてゐる紅い花の獨逸アザミは好まれるが、成程それは絢爛なところはあるが、花の落つきは野性の日本種の方が上である。近頃女の帶や着物にも大分この花が模樣化されてゐるが、それは大てい獨逸アザミの花の形、葉の形に依つてゐる。花にまで國粹主義をふりかざしたいとも思はぬけれど、もつと日本の山野の草や花の姿に目を止めたいものである。

蘆の湖を見下すあたりの山路の兩側には朴の木が時々立つてゐた。そのうちの一本に花が四つ五つついてゐる。同行の二三人が一齊に「あれは何だらう」と訊ねた程、それは大きく白かつた。

朴の木に咲く花は直徑五六寸もあらうか、いつも走るバスの中からばかり見るので花の形も明瞭に見覺えてゐないが、庭木にある泰山木に咲く花に似てゐる。高い梢々に一つづつポツンと白く咲き、如何にも孤獨に徹した面持である、悠揚迫らざる所と一寸陰氣なところがあり、そいつが小雨の中に濡れてゐて、山の緑の中にきは立つて見えるのであつた。木材として有用なもの丶中で、こんな見事な花をつけるものは先づ珍らしい方であらう。

蘆の湖を縦斷する時も、こんもり繁つた湖岸に朴の花が所々咲いてゐるのが見えた。可成遠いとこからでも見える程大きな花であつた。花の白いことでは卯の花は目を刺戟する程の強さである。濃い緑の木々の繁茂した中に交つて、丈の低い木に一面咲き亂れて白いのである。「卯の花の匂ふ垣根にホト丶ギス早も來鳴きて」といふ唱歌があるが、してみるともうホト丶ギスの鳴く頃であらう。この花も梅雨時の花として人々の印象に殘るものである。この頃吾が國の花も外國種のものが急速に輸入されて全く千紫萬紅で、その十分の一の名も覺え切れないが、それらの派手な、人工的色彩の花を見慣れた目には、却つてこの山の湖のほとりに咲いた白い花が生々とあざやかに感觸される。折からの雨空に富士も姿を見せず、それだけに深山の感が更に深く、朴の木の花や卯の花が鮮明な印象であつた。

併し、全く平穏な湖を渡りながら、私はその周りの靜けさとどうしてもそぐはぬ心の動搖——否、一種の不安らしい感慨を覺えてゐた。それはここに靜かに雨の降る船の甲板に立つて、傘をさして邊りの山々の緑や白い花に見入つてゐる自分が、決してこの穏やかな景色の中に安住してゐないことを自ら感じてゐたからである。

齋藤茂吉の歌であつたかと思ふが

戰は上海に起りたりにけり
ほうせんくわの花紅く咲きたりにけり

といふのがある。私はこの靜かな湖の上で戰といふことを考へてゐた。日常の生活の中では、今では殆んど戰爭から來る刺戟は最早強くない、毎日の新聞でも人々の話題でもその事が常に中心でありながら「考へてゐるか」といへば、あまり深くそれについて考へてゐないのである。或はそれは特にそれについて考へるといふことが既になくなる程自分の身の廻りに附着し、自分等の生活の中に這入りこんでゐるのかも知れないが、併し私は、その靜かな雨の山の中の湖の舟の上で、まはりの山々を見ながら心の中では戰爭のことについて考へてゐたのである。そして何か愕然たるものに襲はれた。私の心の中にはこの時いさ丶かも功名手柄を欲するやうな、或は人と爭つたりするやうな氣分が失せてゐた。私は水を見ながら見たこともない荒々しい戰爭の光景を思ひ浮べた。大陸から海をこえた日本の島々を俯瞰するやうに想像したりした。だがそれよりももつと切實に感ぜられたのは、この靜寂な境界が自分等のものでなく、太古の世にふと迷ひこんだやうな、非現實的な中に自分が居るやうな氣分におそはれた事である。要するに私等の神經が騷音と利害打算の激しい中に順應して、この湖面の靜寞な水の上で意外な困迷を演じてゐたのであらう。そしてかゝる場合に遭遇することによつて、戰爭やその他の事變が現實に自分等の身邊にあることを私は痛烈に、痛切に再認識したのである。いや認識したといふよりも改めて深く感じたのである。

　私は毎日の仕事の中で、人間が如何に下品な動物であるかといふことを人の行動の上に於て、吾が身の感情の中に於て熟知してゐる。そしてその個人々々を事毎に侮蔑してゐるのであるが、こんな感慨は全く無力であり、弱虫の仕事であることを悟らねばならぬ。「統制」の世の中で人は統制を逆用して儲け統制に便乘して競走者をやつつける。そしてそれは正義でないとはいへないのである。私の判斷では常に正しかるべき努力の方が負けてゐる。つまり今のところ巧く統制に便乘する努力をした者が勝ち、統制に順應するものは常に一歩立ちおくれてゐる。勿論これは人民どもの事であるが。つまりいつの世にも狡猾な奴は人のこしらへた道をあとから歩いて先に行く。人の道――道德――をふみ外さない事が肝要とされてゐるが、案外ふみ外さず上手にわたつて行く人々の中に本質的惡漢がゐるだらう。

　蘆の湖は箱根町の方から湖尻に向つて細長く、舟が湖尻に近づくにしたがつて狹くなり山が迫つて來る。そのあたり、卯の花は更にしげく咲いてゐた。白いばかりで味もないやうだが匂は强い花である。

　舟着場には箱根うつぎの藪があつて、色交りの花が雨にぬれて咲き亂れてゐた。（六月十一日）

名刺

秋本義勝

その時僕は幾分解放されたやうな心持になり、G街交叉點のペーブメントに立ちながら青いシグナルを待つてゐると、恰度今停つたボギー車の口から人々つ群が吐き降されて來、僕の周圍を埋めてしまつた。人々の視線は期せずして赤いシグナルの方へ一樣に注がれていつた。僕は何の氣もなく身近なところからそれらの視線の穴（正しくその時は眼ではなく穴といふ感じがした）に注目していつた。途端に僕は思はずオヤッ！　と危なく聲を出さうとするほど、三角・四角・圓形等、そのいづれにも屬さない異樣な二つの穴の奥に燐のやうに冷たく燃える光を認めて心を引きつけられた。あつ！　あれは紛れもないMの眼だ。Mは何時の間に松澤病院から出て來たのだらうか、と思つた瞬間、はや人々の群はどつと向ふ側へ動き出してゐた。

しかし、どのやうに人々の群が動きもつれ合ふにしても、岩壁のやうな肩に繪具箱を掛けて兩手にカンヅスと三脚をさげて熊のごとくのそりのそりと歩いてゆく、彼の時代ばなれのしたポーズだけは一際目立つてゐた。そしてそれは、僕にバイブルと三錢切手とで食パンと交換する術を敎へてくれた約十年前のポーズより些かも衰へを示してゐないかのやうに思はれた。ハムズンのMボタンの價値を彼は今でも變りなく認めてゐるのだらうか。ニィチエが幾日も山の中で飯を喰はずにぶつ倒れてゐる眞似を鮮かにやつてのけた精神力と、女の脚をハーケンクロイツに畫いて、武者小路實篤に繪具箱を買はせた畫才とに、僕等はその頃呆然とさせられたものであつた。

抑々彼が狂人として鑑定された最初の事件は屋根の上から起つたのである。その夏は例年にない猛暑だつた。ドシンドシンと地響がしたり、ミシ〳〵家棟が震へ出したので、附近の人々は又關東の大震災が起つたのではないかとビックリして飛び出して見ると、一人の男が家根に蒲團を敷いて、そこに仰向きになつて、カンカン照つてゐる太陽を睨みつけたり本を讀んで見たり、それから物凄い形相で下の方を睨みつけたかと見ると、エイッ、オーと氣合をかけてそこから飛び降りて來る。本人はツアラトストラ的なものへの心理的飛躍を試みようと思つてゐる心算で、そんなことを間斷なく繰返してゐたのださうである。――おやおや、えゝ若衆が、やちもない、大方狐にでも憑れたんじやらう、可哀想になあ――と云ふことになり、松澤病院に八ケ月入院させられたのがはじまりと傳へ聞いてゐた。

或る年の、それも押しつまつた暮の日に、僕等四五人の共同生活にやつと餅が惠まれて新しい年を迎へようとしてゐると、何處からともなく飄然と現はれて來た彼は、サルヴァンドの山から狩獵してきたばかりだと云つて、三羽の雉をブラさげて仲間に加つた。一羽は綺麗にもぬけの殼である。大方それはポピリュウの小惡魔の仕業にちがひなからうと彼は澄ましたものであつた。

荒療治が開始されてそろそろ珍味に舌皷を打とうとする間際に、白いガウンの男の顏が窓から覗いてゐるので、僕が立上つてとがめると、急ににやにや薄氣味の惡い笑を見せながら彼の方に向つて、パルテノオンのサチコフ様お迎へに參りました、どうかおとなしくお歸りになりますやうに、と云ふのを合圖に、同じやうな男が二三人顏を現はした。とうとうポピリュウの小惡魔共が迎へに來たのか、と妙なことを云ひながら、彼は彼等に伴なはれて自動車で去つていつたが、色の淺黑い男が後から入つて來て、卑屈なほど腰をかがめながら、實はこの雉は私の店の物なんですが、今の方がそんな心算では毛頭なかつたんでせうが、默つて持出したものなんです、あれは子供も同然で罪のないことですが、迷惑するのは當方なんですよ、何卒お代を戴きたいもので、何んならそのまゝでも結構ですから返へして戴ければ——

それから百年の歴史が展開した樣に僅かの年月の間に社會は目まぐるしい變貌を見せてきたし、勿論僕等だつて各々色々な方へ變り果てゝいつてゐる。僕にしてからが野合の徒輩から勤勉な月給取りに轉向し小心翼々として人生を送迎し乍ら夢とも希望ともけじめのつかない未來を描いてゐるのだ。

今、彼の後背に咫尺の間隔を置きつゝ歩いてゐながら、彼を呼びとめることをはゞかる僕は、複雜な名狀し難い心理に囚はれてゐた。

すると彼は何を思つたのか、急に右の方へカーヴして裏町の通りに向つて行くのである。赤いのれんをたれた大學芋屋の中へ彼は這入つていくと、おばさんそいつを一圓ばかりくれないか、とバスの太い聲で求めてゐた。その間にも彼は僕の存在をちらりと認めた樣子であつたが、狐のやうにギスギス痩せこけた僕の變つた姿は、彼の眼には單なる路傍の石に過ぎなく映つたのであらう、それと氣付く素振りもなく芋を包んで貰ふと、彼は一枚の名刺を差出して代價の支拂を約束しようとしてゐる。おばさんは瞠目した顏付で、明かに當惑した態でウロウロし始めてゐた。他に賴りとする人の氣配もないところから、おばさんが諦念したやうに靜かな元の表情に落着いてゆくと、彼はまるでやんちやな兒童のごとく、芋包を抱へた肩をそびやかして出ていつた。

おばさん、今の人の分は僕が拂ひます、だから騒がんで下さいよ、その後で僕は彼の芋代を拂ふことにした（一つは彼の置いていつた名刺が欲しかつたからでもあつた）。いゝえ、構ひませんよ、あの人は氣の毒な人なんですよ——おばさんは指でほつぺたのところを叩く眞似をして、人の好い笑ひを見せて云つた。其處には油で揚げた芋切れの大盛が艶々しく黄色めいてゐた（これだけが金塊であるならば、人間の持つた夢想は翼をすぼめて地上に降り立つであらう！）その傍に彼の名刺が認められた。美術一般のお求めに應じます——美術聰明院　村山龍之助——とあつた。（六・十二）

大連詩集

島崎曙海

大廣場

やはりあるべきものがその座を占めると、まはりに落著きがみちてくる、連翹やライラックや、どちらかといふと原色に近い大陸の野花がもりあがり、その四周を滿人や支那人や白系露人や朝鮮人やフィンランド人や內地人や、たまには馬來人などが、街の中央のこの廣場に集つてくるが、

何もかも見降せる所に、

初代關東都督陸軍大將大島義昌閣下の銅像が立つてゐる。

對岸

かつては帝政露西亞が建設した大連灣。その一部分、青海苔くさい漁村も今は昔。山

肌は掘り割られ、海はせばめられ、見違へるやうな風景が對岸を蔽ひ、日本を進める重工業地帯がここにもある。

老虎灘

隱蔽砲はどこにかくされてゐるといふのか。赫々と太陽は宇宙に全光度をひらき、ぎらぎら。遙か芝罘沖を雄然と迂廻する黄海暖流はここまでのしかかつて來、褐色鰐背の岩背に打ちあたり、飛沫はそこで砲聲をあげてゐる。

蛇島

旅順老鐵山沖はるか海上にある無人孤島。ラッワル・スネークと稱する毒蛇が幾十萬匹ともなく棲息してゐるので蛇島と通稱されてゐる。植物も繁茂し、その種類も百三十五に及び、昆蟲も多く、それを食餌として小鳥が群つて來るが、又一面滿洲より支那大陸に往來する候鳥はこの孤島を休憩所にも使用する。小鳥の群を待つてゐるのは樹上のラッワル・スネーク毒蛇群である。この蛇はとぐろをまかず樹上を好んで棲家としてゐて、憩ふ小鳥をしめ殺し食餌とする。蛇は小鳥をくらひ、その蛇を食餌にしようと青空の熊鷹が狙つてゐる。蛇の犧牲になる小鳥は半ケ年に六十餘萬羽に及ぶといはれる

漢帝末流の蛇族。何時から、何處からともなくここに棲息して幾世紀。渤海の無人孤島、方一里。四十五萬匹の毒蛇群。波浪に削られた硅岩や雲母片岩。樹木瘠せ、その梢にまつはり、空飛び疲れ果てて休む候鳥を終身待つといふラッワル・スネーク。

第九シンフォニー（短歌九章）

赤木健介

生きる日の、最後と思ひ、
第九シンフォニーを、
聴く夜ふたたび、俺に歸つて來た。

數百の、樂員小さく、見える上に、
舞臺いちめん、
ベートーヴェンの巨影。

世紀を越えて、
耳聾《し》いた彼、指揮し續ける
ああ、その耳は喝采を聴かず。

トロンボーン鳴り、

シンバル轟く、フォルテシモ、
わが齒がちがち、慄へてやまず。

頬《ほほ》傳ふ、涙拭《ぬぐ》はず、
合唱の、激流なすを、
身に受けてゐた。

苦しさに、滿ち溢れた曲を、
聽きながら、
なぜか俺は、俺のことを考へてゐた。

幾千の、心ひとつに、
舞臺に向ふ、
ひとつひとつは、深い孤獨に。

苛烈なる、
時代に生きて、死ぬ人の、
逞ましい想ひと、深い諦念と。

ブック・レビュー

マレー蘭印紀行

金子光晴著

小野十三郎

私はいままでにも旅行といふものをあまりやつたことがない。必要も欲求もないからだらうが、近來益々旅なんてものは臆劫になつてしまつた。しかし私は昔から人の旅行記だとか紀行文などを讀むのは好きである。内地紀行は内地紀行、海外紀行は海外紀行でそれぞれ面白い。自分のわづかな經驗では、旅といふものは、ただもう無暗に退屈なものとしてしか記憶されてゐない。私はまだ北海道も朝鮮も臺灣も知らないのである。ところが旅行記といふものには、實際はどうか知らないが、とにかくその土地の風物なら風物に對する作家の驚異が語られてゐて、それはたしかに羨望に價するのである。例へば、こゝは死ぬほど退屈だと書かれてあつても、それは私が旅で經驗した倦怠感とはまるで異質的なものであつて、却つてそこに作家の横溢する生命力の表現を見るやうな氣がする。つまり倦怠もまた驚異の一種に他ならないのだ。讀者の空想力を適度に刺戟し、或る錯覺を起させるところに作爲があるわけだが紀行文の魅力といふものはさういふものだらう。科學者の紀行文が、往々にして文學者の紀行文よりも面白いのは、前者は後者よりも私たちにより多くこちらから働きかける空想の餘地を殘してゐるからである。日記風に敍された科學者の紀行文などは讀んでゐて實にたのしい。ところどころ齒の浮くやうな感傷的な述懷などがあつても、詩人や作家の場合のやうに腹が立たない。さういふ部分は、こちらの頭腦のなかで整理して讀んでしまふのである。詩人や作家の文章の構造は一旦濁つてしまふともう取返しはつかない。それだけ純粹だとも云へるだらう。そしてこの異質性は、多くの場合、各々の驚異の内容にかかつてゐる。大まかに云へば、驚異は「生活」の中に在るのであつて「漂泊」や「觀察」の中には無いのだ。旅はつねになんらかの意味に於て生活の延長であるといふこと、どんなに遠く海外に出たものでも、そこにゆききりといふことはなく、必ず歸らなければならないといふ約束の中に一切の驚異の秘密や、空想力の源泉が伏在してゐるのである。でなければ、優れた紀行文に必ずと云つてもよい、搖曳してゐるあの倦怠の氣を理解することは出來ない。

近頃私は蘭印の事情を紹介した本を國策的なものをひつくるめて、十數種讀み漁つた。一口につまらんと云つてしまへるやうなものも無かつたが、ヘンドリック・ド・ルゥーの「蘭印探訪記」と金子光晴の「マレー蘭印紀行」のこの二冊の右に出るものは無かつたやうに思ふ。殊に金子の「マレー蘭印紀行」は、紀行文の一つの新しい型を創つてゐる。十年程前に、ジィドの「コンゴ」を讀んだときの感動がよみがへつた。文章はいかにも詩人らしい鏤刻の形容で充滿してゐるがさういふ表現にやゝともすれば伴ひがちな詩的誇張は無く、たゞもう不思議にやるせない倦怠の氣を瘴煙の中にたゞよはせてゐる。彼は決して風景になど驚いてゐない。さう見えるだけである。風景を媒介として彼はそこでも生活を探つてゐる。そして自らそのことに驚いてゐる。そして平氣に錫やゴムやスリメダンの鐵鑛について書いてゐる。さういつた風な調子だ。倦怠も又驚異の一種、最も純粹な一種であるといふことを、この紀行文ほど痛切に物語つてゐる本は他にあるまい。これを云ひ換へれば、詩人の思想が豫め描き出すことの出來ないやうないかなる土地もこの地上に無いといふこと。出不精で旅行嫌ひの私は、金子のこの本を讀んでいよいよその確信を得た。

（山雅房發行）

商賣往來

都合のわるいことは、凡て默殺するのが文壇といふところのシキタリである。金持喧嘩せずといふ諺があるが、文壇人といふ種族は金持でなくても、得のいかない喧嘩などといふヘマなことは決してやらない。悪口を云つたり批評でやつつけたりする場合でも、損得はちやんと勘定に入れてやつてゐるのだ。やつつけられた方でもその點は心得たもので、相手次第で反撃する場合もあり、狃れあふ場合もあり、默つてすまして超然とした顔をしてゐる場合もある。

友達づきあひにしたつて、損得が基本條件になつてゐる。つきあつて得のゆく相手と、得にならぬ相手とを嗅ぎ分ける鼻の鋭敏な事は犬以上である。これが商賣人仲間ならもつともだとも思ふが、文人とか詩人とか稱する輩がおしなべてさうなんだから、どうかと思ふのだ。どんなに精神的なことを云ひ、純粹ぶつてゐても、一皮剝げば町人根性そこのけだ。決して中傷でも漫罵でもない。嘘だと思つたら、彼等と何か約束でもしてみたまへ、得のいかんやうな約束は決して守らないから。約束を破つてトボケルことにも妙を得てゐる。その點なか〳〵政治家でもある。

國民文學の提唱も結構だが、ほんたうの國民文學が、かういふ文壇の低俗風潮から生まれやうとはどうしたつて考へられない。狐の仔はやはり狐である。（亂坊）

地獄の機械

――戯曲

ジャン・コクトウ作

中野秀人譯

登場人物

1 聲
2 若い兵隊
3 兵隊
4 隊長
5 ジョカスタ（女王、ルイスの寡婦）
6 テイレジヤ（占者、殆ど盲目）
7 ルイスの幽靈（死せる王）
8 スフインクス
9 アニバス（エジプトの死神）
10 テオベの保姆
11 少年
12 少女
13 エデイポス（ルイスの息子）
14 クレオン（ジョカスタの兄）
15 コリントからの使者
16 ルイスの羊飼
17 アンテイゴーネ（エデイポスの娘）

第一幕

聲

（彼は、彼の父を殺し、彼の母と結婚する）

アポロのこの託宣を避ける爲めに、ジョカスタ、テオベの女王は、彼女の息子の足を穿ち山腹に縛りつけて遺棄した。コリントの羊飼がその嬰兒を發見し、ポリビスに運び去る。

ポリビス及びメロオプ、コリントの王及女王は、兒なき結婚を歎いて居た。その小供エディポス、すなはち熊や狼と共に育つた足に穴の開いた兒は、彼等に取つて天の賜物である。彼等は彼を養子とする。

若者エディポスがデルフィの託宣を尋ねるに、神は告げる……「汝、汝の父を殺し、汝の母と結婚すべし」彼はポリビス及メロオプから逃げなければならない。親殺しと姦淫の怖れが彼を彼の運命に向つて驅り立てる。

或る晩、デルフィとドオリの四辻に差し掛ると、彼は護衛兵に會ふ。馬が彼に衝き當る、口論が始まる、從者が彼を嚇す、彼は鞭をあげて應へる。一撃は從者を逸し、その主人を殺す。殺された男が、ルイス、テオベの年老いたる王である。親殺し！

護衛兵は、伏兵ある事を怖れて逃げ出す。エディポスは何事も知らず通り過ぎる。おまけに彼は若く情熱的である。此の事件はすぐに忘れられてしまつた。

途中彼はスフインクスの災禍を耳にする。スフインクス、「羽ある處女」「唄ふ雌犬」がテオベの若き人達を殺しつゝある、此の怪物は謎を尋ね、それを當てる事の出來ない者を殺す、女王ジョカスタ、ルイスの寡婦はスフインクスの征服者と結婚し、王位を讓るであらう。

若いシイーグフリイドが現はれた樣に、エディポスは勇みたち、好奇心と野心とで身を焦して居る。會合の日は來る、此の會合は何を意味して居たか？ 神秘。それはそれとしてエディポスは征服者としてテオベに入る、彼は女王と結婚する。姦淫！

神は、みづからを樂しますの爲に、その犧牲者を、あくまで高い所から顚落させなければならぬ。歲月は繁榮の中に過ぎ去る。二人の娘と二人の息子とが、その怪奇な結婚を複雜にする。人民はその王エディポスを愛する。しかし、惡疫は突如として天より降る。神は國に禍する。神は假名の罪人を譴責し、彼が追拂れることを要求する。一つの發見から次の發見、そしてあたかも不運に醉拂つたかのやうに、エディポスは最後の斷崖に立つ。畏は絞められる、すべては明瞭である。ジョカスタは赤いスカーフで自から首を括る。首を吊つた女の金のブローチをもつて、エディポスは自からの目を抉り出す。

觀客よ、この地獄の機械は御覧の如くに、バネが徐々に人の全生涯をときほどく樣な具合に一杯に卷かれて居る。命ある者の數學的破滅の爲に地獄の神が作つた所の最も完全なるものゝ一つである。

註――四幕共に暗いカーテンに依つて取圍まれた舞臺中央の小さな廣場で演出される。臺の傾斜は各幕の要求に従つて變化する、部分の照明の他に四幕共に電光の様なすばやい神秘的な光に滿さるべし。

幽　靈

テオベの城壁を廻る巡邏の道。高い壁。嵐の夜。夏の稲妻。繁榮街の喧騒とバンド。

若い兵隊　奴等はうまくやつてるぞ！

兵隊　さうらしい。

若い兵隊　うん、とにかく奴等は夜通し踊るんだ。

兵隊　眠れないから踊るんだ。

若い兵隊　おなじこと、奴等は醉拂つて、女と一緒に、ナイトクラブで夜明しをして居るのに、俺はお前と一緒に行つたり戻つたりして居なければならん。俺はもう我慢がならん！　俺は我慢が出來ん！　出來んのだ！　わかつたかね？　きわめて明瞭だ。俺はこれ以上我慢が出來ん！

兵隊　逃亡！

若い兵隊　いやだ！　俺はもう決心した。俺はスフィンクスの爲に應募しやうと思つてゐる。

兵隊　何の爲に？

若い兵隊　それはどう云ふ事さ？　無論何かする爲にさ、この神經の疲れる、この身動きならぬ仕事に、終りをつけるためによ。

兵隊　シチュウから惡臭へ。

若い兵隊　惡臭？

兵隊　さうだ、その通りだ。惡臭！　俺はお前よりも氣の利いた、しつかりした若者達が音を揚げたのを知つてゐるんだ。さもなくば、神官がスフィンクスを倒した者に、第一の賞品をやらうなんて考へるものか！

若い兵隊　だが、何故いけないんだ？　スフィンクスから生きて戻つて來る奴があればそれは馬鹿だらうさ、それはわかつてゐる。しかし彼ががんばり通したと假定したなら、もしもそれが謎であるとしたなら、もしも俺がそれを當てたとしたなら。もしも……

兵隊　しかし、お前みたいなけちな野郎が？　お前は演武場や大學などに行つた事のある數へ切れない程の若者達が、何百もと云ふ死骸をそこに殘して來たのを知らないのか？だのにお前、けちな二等卒の身で……

若い兵隊　俺は行く、俺はもうこの城壁の石を數へて居るには堪へられない、あの樂隊を聞きながら、そしてお前のその馬鹿面を見て、そして……（足を踏みならす）

兵隊　そいつはお笑ひ草だ、豪傑！　俺はこの神經の破裂を豫期してゐたよ、その方が良いさ、さあ〳〵……泣くのは澤山……氣を鎭めなさい。そら、そら、そうら……

若い兵隊　俺はお前を憎む！

　兵隊は、ぢつと動かない若い兵隊の後の壁を槍で叩く。

兵隊　どうしたんだね？

若い兵隊　何か聞かなかつたかね？

兵隊　いや……何處に？

若い兵隊　あゝ！……氣がした……俺は今……

兵隊　お前は眞靑だ……どうしたんだ？　お前は落伍するのか？

若い兵隊　馬鹿らしい……だがノックが聞えた樣に思つたのだ。俺は彼だと思つた！

兵隊　スフィンクス？

若い兵隊　いや、彼、幽靈、おばけ、そらね！

兵隊　幽靈？　ルイスの例のおばけか？　そしてそれがお前を卒倒させさうにしたのか？　まつたく！

若い兵隊　濟みません。

兵隊　濟みませんつて？　鐵砲を持つた勇士がかね？　馬鹿らしい！　先づ第一にね、昨晩の出來事の後で再びあの幽靈が現れさうもないと云ふ充分の理由があるのだ。それはそれとして、おまけになんだつてお前は濟みませんのだ？　我々はこのおばけに驚かされたと云へるかどうか？　うん勿論……最初は多分……だがそれから、え？……彼は仲々良いおばけだつたよ、ほとんど仲間だ、慰安だ。もしもこのおばけがお前を飛上らせるなら、それはお前が俺と同じ樣に、金持も貧乏人も等しくテオベの誰でもと同じ樣に、全く神經がとがり切つてゐるからなのだ。轉んでも何か拾はなければならないところの大人物は別として。戰爭なんて可笑しくもないが、しかしお前はなんだかわからない敵と戰ふのが面白いと思ふか？　我々は託宣はもう澤山だ。幸福な死と勇ましい母親。もしも神經が疲れ切つてゐなかつたなら、こんな具合にお前をからかふと思ふか？　そしてお前だつて、泣き出さないで濟むだらう。また、むかうの連中だつて踊り狂はなければならないといふ理由はない。いや、彼等は床の中に安全にもぐり込んで居るだらう。そして吾々は、お友達の幽靈の出るのを待つて、サイコロを弄んでゐるだらう。

若い兵隊　ねえ……

兵隊　なんだ？

若い兵隊　どう思ふかね、そのスフィンクス？

兵隊　おゝ！　スフィンクスを少し休ませろよ。もしも俺がそれがどんなものであるか知つてゐるなら、今頃お前とこゝで寢ずの番をしちやゐないよ。

若い兵隊　ある者は、それが兎よりもいくらか大きくはなく、臆病で、可愛らしい女の子の頭をしてゐると云ふ。しかし俺は、それが女の頭と胸とを持つてゐて、若い男達と一緒に寢るんだと思ふ。

兵隊　おい、おい、良い加減にせんか、忘れてしまへ！

若い兵隊　多分それは何んにも尋ねやしない。そして、觸れもしない。先づ人は出喰す、よく見つめる、そして戀焦れて死ぬ。

兵隊　吾々が必要とするのは、唯お前が行つて公の祟物と戀に落ちる事なんだ。つまるところ、公の祟物……お互の間だが、俺がこの公の祟物をなんと思つてゐるか知つてゐるかね？……それは吸血鬼だ！　そうだ！　ごく普通の、或は花園の吸血鬼だ！　警察から匿れてゐる老人みた様な奴か、とにかく捕まへる事の出來ない奴だ。

若い兵隊　女の頭を持つた吸血鬼か？

兵隊　いや、その事ではない、いや、いや、本當の、髭と頤鬚とお腹とを持つた吸血鬼の事だ。奴はお前を吸ふ、そして同じ場所に同じ傷を負はせて、お前の家に送り歸してくるといふ次第なのだ。いつも首の後！　そして今、もしもお前が尙夢中なのなら、行つて見るがよい！

若い兵隊　お前の云ふのは……

兵隊　俺の云ふのは……俺の云ふのは……あ！……隊長。

　彼等は氣を附けの姿勢をとる。隊長が入つて來て腕を組む。

隊長　休め！……さてお前達……此處がお化の出ると云ふ所かね？

兵隊　隊長……

隊長　默れ！　誰が饒舌る番だ、お前は默つて居れないのか？　俺は尋ねてゐるんだ。お前達のどつちが、作法通りの手續を踏まないで、宮中に役向の報告をしやうとしたのか？　俺を拔きにして。答へろ！

兵隊　それは彼の罪ではありません、隊長、彼は知つて……

隊長　それはお前か、彼か？

若い兵隊　我々二人共、しかし私が……

隊長　默れ！　俺は俺も知らないのに、どうして高僧がこの場所で起きた事を聞き及んだのか、知りたいと思ふのだ。

若い兵隊　それは私の罪です。隊長、私の罪、私の此處に居る仲間は何にも云はうとは欲しなかつたのです。しかし私は話した方が良いと思つた、そしてこの出來事は役向とはかゝはりのない事で……そして、えゝ……私は彼の叔父にみんな話しました。彼の叔父の妻が、女王の側女の姉妹であり、彼の義兄がテイレジヤのお寺にゐますもんで……

兵隊　それで、私の罪と云つた譯なんです、隊長！

隊長　よろしい、そんなに大聲で叫ばんでもよい。ふん、そこでこれが役向にはかゝはりないと云ふのか、よろしい、わかつた……で、これは……この役向とかゝはりないと云ふ有名な出來事は、幽靈話なんだね？

若い兵隊　はい、隊長。

隊長　お前が當番に當つてゐた或る晩幽靈が現はれて、この幽靈が、お前に云つた……そこでこの幽靈が何と云つたんだね？

若い兵隊　彼は我々に告げました、隊長、彼はルイス王の幽靈で、彼が殺害された後幾度も現れようとした、そして彼は何とかしてジョカスタ女王及びティレジヤに、大至急警告を與へて呉れと賴んだ。

隊長　大至急で！　なる程！　なんて律義な幽靈だらう！　そして……お前達は彼に尋ねなかつたのか？　たとへば、何故お前達が此の訪問を受けたのか、そしてなぜ彼が直接女王又はティレジヤの前に現はれなかつたのか？

兵隊　はい、隊長、たしかに尋ねました。彼は、どこにでも現はれる譯には行かないし、城壁は、殺害された人々にとつて濕氣の故に最も好都合であると答へました。

隊長　濕氣？

兵隊　はい、隊長、彼は濕氣と云ひました。此處にだけある所の煙の事です。

隊長　ほう！　仲々學問のある化物だ。彼は藪の中には匿れんと見える、すつかり驚かされたね？　どんな風をしてゐたかね、彼の顏はどんなだつた。何を着てゐたかね、何處に立つたか、どんな言葉を使つたかね、現はれたのは長かつたか短かゝつたか、何回も彼を見たかね、役向には關係がないといへ、どうも、も少し委しく幽靈の樣子や、やり方をお前達から直接きゝたいもんだ。

若い兵隊　吾々は最初の晩は、隊長、驚かされました。丁度ランプを灯ける樣に、彼が其處に、壁の一番厚いところに現れたと云はねばなりません。

兵隊　吾々は一緒に見たんです。

若い兵隊　顏や身體はどんな具合だつたか、ちよつと云ひにくいんです。口は開いた時にはよく見えました。それから髭の白い先、大きな赤い、右の耳の側のほとんど眞赤な痕。彼は話すのに骨が折れました。そして一度に一句よりも餘計は云へませんでした。しかし貴方は、そのことなら此處に居る同僚に尋ねて下さつた方が良い、隊長。彼が、その氣の毒な人が、うまく饒舌る事の出來なかつたのを私に說明したのです。

兵隊　あゝ、そのね、隊長、別にむづかしい事ではありません！　彼は現はれるのに大骨折でした。つまり、彼の新しい姿を變へて、我々にも見えるやうな古い姿を採るのがです。だから、話してゐるうちに段々うまく話せるやうになるのです。彼は見えなくならうとすると、透明になつて來ます、そして、彼を透して壁を見る事が出來ます。

若い兵隊　彼が下手に饒舌り始めると、非常によく見える樣になる。しかし彼がうまく饒舌り始めるや否や、こんどは見えなくなつてくる。そして、同じ事を繰り返し始める。「ジョカスタ女王、あなたは……あなたは……女王……女王ジョカスタ……あなたはしなければ……あなたは女王に警告しなければならん……あなたは女王ジョカスタに警告しなければならん……お願ひです、紳士諸君、私はお願ひしてゐるんです……私……私……紳士諸君……私はおねがひ……何卒……何卒……お願ひします……紳士諸君、警告して……お願ひします……女王……女王ジョカスタ……警告、紳士諸君、警告……紳士諸君……紳士諸君……」そんな具合に彼は續けたのです。

兵隊　そして彼は、すべての言葉をお終ひ迄云ひ切らない内に見えなくなつてしまやしないかと怖れてゐる様でした。

若い兵隊　それで、ちよつと此處を見て呉れ、聞いて呉れ、覺えてゐるかね？　何遍やつても同じ事です。赤い痕は最後に消えました。丁度壁の上に船の灯を見るやうです。隊長。

兵隊　一分間にしてすべては完つてしまひます！

若い兵隊　彼は同じ場所に五度も、毎晩夜明け少し前に現れました。

兵隊　だが他の時と違つて昨晩は、吾々は……なに、我々はちよつと騷ぎを演じたのです。そして私のこの同僚は何も彼も宮中に告げる樣に決心したのです。

隊長　さうか！　さうか！　で、その夜はどんな風に他の夜とは違つてゐたんだ？　もしも俺が聞き違へてゐないとするなら、お前達の間に爭論を引起した樣だが？

兵隊　こんな具合でした。隊長……ね、巡警は飲食遊樂ではありませんからね。

若い兵隊　そこで、我々は全くお化を待ちかまへてゐたのです。

兵隊　我々は賭をしました、つまり……

若い兵隊　來ると……

兵隊　來ないと……

若い兵隊　來ると……

兵隊　來ないと……そして、さう云つては可笑しいかも知れませんが、彼を見れば安堵するのです。

若い兵隊　習慣ですね、それは。

兵隊　吾々は、彼がゐないのに彼を見たつもりになつたりしました。吾々はお互に云つたものです、そら動いてゐる！　壁が燃えてゐる、おい、何か見えるか？　いや、だが見ろよ！　ほら、そこのところに氣を附けて……壁は同じぢやない。ね、さうだらう。見なさい、見なさい！

若い兵隊　そして、吾々はぢつと瞳を凝したものです。我々は身動きもしません。

兵隊　吾々はちよつとでも變つて來るのを見守りました。

若い兵隊　そして、ついにそれが來た時に、吾々は再び息をする事が出來ました。そしてちつとも怖くはなかつたのです。

兵隊　別な晩、吾々は見守り續けました。殆ど盲目になる位に見張りました。吾々は彼がやつて來ないのだと思つてゐると、彼はこつそり現れ始めました……最初の晩の樣に早くではちつともないのです。一度彼が姿を現はすと、彼は語調を變へて、何か恐しい事が、生きてゐる者には說明する事の出來ない死の樣なものが、起つたんだと云ふ事を、出來るだけうまく吾々に語りました。彼は、彼が行く事が出來る場所と、行く事の出來ない場所とを話しました。それから、彼が行つてはならない所に行き、彼が知つてはならない秘密を知つた、と云ふ事を、また彼は發見されゝば處罰され、それからは現れるのを許されなくなり、最早再び現れることが出來なくなるであらうと云ふことを話しました。（嚴かな聲で）彼は云ひました、「私は私の最後の死を死にますよ、そしてそれは終りなんです、全くの終り。ね、紳士諸君、一瞬も失はれてはなりません。走つて！　女王に警告して！　テイレジヤを探して！　紳士諸君、紳士諸君！御慈悲です！……」彼は乞ひ續けて居ました。そして夜は明けます。萬事休す！

若い兵隊　突然吾々は彼が氣が違つたんだと思ひました。

兵隊　吾々は彼の始めも終りもない言葉から、彼が今にも見えなくなるんだと云ふ事を察した、ね……どんな具合に見えなくなつたのかわかりません。吾々は呆然と立つたきりです、吾々は、彼が現れた時と同じ樣な調子で見えなくならうとしてゐるのを見ました。だが彼はうまくやれないのです。さうすると彼は、吾々に彼を侮辱する樣にと賴みました。何故つて、幽靈を侮辱する事が幽靈を行かしめる事だと彼は告げました。をかしな事には、我々はそれをやる勇氣が無いのです。さうすると益々彼は繰返しました。「おい、おい！若者達、おれを侮辱して吳れ！　おい、始めんか！　馬力をかけて……おい、やれよ！」――吾々は馬鹿の樣に突立つてゐるばかりです。

若い兵隊　吾々は益々なんと云つていゝかわからないのです！……

兵隊　さうです、それつきりなんです！　しかしそれは、隊長をやつゝける意氣がないからではないのです。

隊長　これはどうも御挨拶、紳士諸君、全くだよ！　どうも有難う。

兵隊　あゝ、さういふ意味ぢやないんです、隊長……私のつもりは……私は女王達や王樣達や大臣や政府などの事、つまり權力者達の事を云つたんです。吾々は不正義について饒舌りさへしました……王樣はとても良いおばけでしたよ、氣の毒なルイス王様、それでとても悪口などは吐けませんでしたよ。彼は吾々に迫つてゐた、そして吾々はわな〳〵してゐるだけです。「そんなら行けよ！　失せろ、雌犬の息子奴！」つまり吾々は彼に花をもたしてやつたのです！

若い兵隊　何故つてね、つまり、隊長。雌犬の息子と云ふのは、兵隊の間できはめて親しみのある云ひ方です。

隊長　それは知つて置きたいものだね。

兵隊　行け！　そんなら行け！……息子の……お前、年とつた……氣の毒な幽靈、彼は其處に生死の間に立つてゐました。そして彼は鳥が鳴き、太陽が出るので、恐ろしがつて呆然自失してゐるのです。と、突然、吾々は壁が再び元の壁になり、赤い痕が消えてしまつたのを見ました、我々は疲れ切つてしまひました。

若い兵隊　その晩の後の事です、私は彼が自分で話すのを拒んだので、彼の叔父に話す事に決心したのです。

隊長　お前達の幽靈はあんまり規則正しくない様だね。

兵隊　おゝ、隊長、つまり彼は再び現はれないかも知れませんよ。

隊長　全く俺が邪魔をしてゐるんだね。

兵隊　いゝえ、隊長、その晩からは……

隊長　しかし俺はお前達の云つた事から、お前達の幽靈が非常に謙遜である事がわかつた。彼は現はれるよ、俺はそう信ずる。第一に、王様の謙遜と云ふものは規則正しい事にある、そして幽靈の謙遜は人間の姿をとる事にある、お前達のすぐれた說にしたがへばね。

兵隊　多分、隊長、しかし幽靈に最早王様は存在しない、そして一分間を一世紀にだつて間違へる事もありさうです。そうすると、もしも幽靈が今晩の代りに一千年も經つて現はれると……

隊長　お前は仲々利口者だ、だが我慢にも程があるぞ、このお化は又現はれると云つてゐるんだ。俺の居るのが彼を妨げてゐる、そして俺は警備以外の誰もが此の巡邏の道を通過しないやう命ずる。

兵隊　はい、隊長。

隊長　（大聲で）　そこで幽靈であらうと幽靈でなからうと、合言葉無しにやつて來た者は、誰でも誰何する様に命じて置くよ、わかつたか？

兵隊　はい、隊長。

隊長　巡廻するのを忘れるな、それだけ！

二人の兵隊捧銃をする。

隊長　（僞りの退場）　變に器用な眞似をするなよ！　何時でも見張つてるぞ！

彼は見えなくなる。長い間。

兵隊　ざつとこんなものだ。

若い兵隊　彼は吾々が瞞してゐるんだと思つてゐる。
兵隊　いや〳〵同僚！　彼は誰かゞ吾々を瞞してゐるんだと思つてゐるんだ。
若い兵隊　吾々を？
兵隊　さうだ、同僚、俺は俺の叔父を通じて色んな事を知る樣になつたのだ。女王は立派な方だ、だが本當は彼女は愛されてはゐない、人々は彼女が……（自分で自分の頭を叩く）人々は彼女が非常識で、外國訛をもつてゐる、そしてテイレジヤの影響を受けてゐると云ふ。此のテイレジヤが彼女に害のあるあらゆる事をする樣にすすめる。これをしなさい……あれをしなさい。……彼女は彼に自分の夢を告げる。それから彼女は先づ右の足で立つたものか左の足で立つたものかと云ふやうな事を彼に尋ねる。彼は鼻をつまんで彼女を引廻す、そして彼女の兄の靴を甜める。そして彼と共に妹に反對して謀む。彼等はとてもひどい連中なんだ。俺は、隊長が幽靈をスフインクスと同じ寢言かと考へてゐるのだと賭けても良い、ジョカスタを引つけ、彼等が欲する何んでもを彼女に信じさせる坊主の計略なんだ。
若い兵隊　まさか？
兵隊　どうだ、驚いたらう。え？　だがそんな譯なのさ……（非常に低い聲で）俺は、本當のところ、幽靈を信じてゐるよ、そう思つてゐて呉れ。しかしそうであればこそ、そして彼等がそれを信じないが故にこそ、お前に默つてゐる樣にすゝめるんだ。これを書付けて置け、「階級の上の人からよく判るやうに證明されました……」
若い兵隊　でも、もしも王樣が王樣が……
兵隊　王樣が……王樣が！……ちよつと待て！……死んだ王樣は生きてる王樣ぢやない、こんな譯さ、もし王樣ルイスが生きてゐるならば、つまりお互ひの間の事だが、彼は自分でやれる譯で、街にお前を彼の使ひに求めて來やしないぢやないか。

　彼等は巡邏の路を右に向つて動き出す。

ジョカスタの聲　（階段の麓で、彼女は非常に高いアクセントを持つてゐる、つまり王族方の國際的アクセント）未だ階段があるよ！　この段々が大嫌ひだ！　何故こんなに澤山段々があるのだらう！　何んにも見えやしない！　此處は一體何處だ？
テイレジヤの聲　しかし奥さん、貴女は此のお忍びが御存知のくせに。私は欲し……
ジョカスタの聲　默んなさい、ヂヂ、あなたは口を開けば馬鹿な事を云ひ始める、道德の講釋の時間ではありません。
テイレジヤの聲　貴女は他の案內人をお連れになればよかつた、私は殆んど盲です。
ジョカスタの聲　豫言者の役目は何處にあるんです、疑はしいもんですね！　あなたは何處に階段があるのかさへ知つてゐないんだもの、私は足を折つてしまひますよ！　それはあなたの責任ですよ、ヂヂ、何時もの様にあなたの。

テイレジヤ　私の肉眼は、階段を數へるよりも他の用を爲す心眼の爲に見えなくなつてしまつた。

ジヨカスタ　あゝ、また、自分の目の故で御機嫌が惡いんだね！　そら！　そら！　私達はあなたを愛してゐます。しかし澤山階段があるのでいやになつてしまつたのですよ。吾々は來なければならなかつたのです。ヂヂ、たんに必要から！

テイレジヤ　奥さん……

ジヨカスタ　强情を張んなさんな、私はこんなにどつさりいやな階段があるとは知らなかつた。私は落こつて行きさうですよ、つかまへて下さい、怖がんなさんな、私が敎へて上げるから。だが、私は段々を見ると落こつてしまひますよ。手をつかまへて、前に！　そこ……そこ……そこ……四、五、六、七……

ジヨカスタ廣場に辿り着く、右に行く、テイレジヤは彼女のスカーフの端のところに續く。彼女が叫び聲を上げる。

テイレジヤ　どうしたんです？

ジヨカスタ　あなたの足ですよ、ヂヂ！　あなたは私のスカーフの上を踏んでゐる。

テイレジヤ　御免なさい……

ジヨカスタ　あゝ、あなたは怒つてるんですね、だが私が困つてゐるのはあなたではないんです、スカーフなんです！　私は私を憎む色々なものに取圍まれてゐます！　一日中此のスカーフが私の首を締めようとしてゐる、或る時は木の枝に引掛る、そうでないと馬車の車に卷付かうとする、又はあなたがその上に踏み掛る。全くそうなんですよ。私はそれが怖い、だがそれと別れる事が出來ないんです、全くいや！　それが私を殺しますよ！

テイレジヤ　なんて貴女の神經が消耗し切つてゐる事でせう

ジヨカスタ　あなたの第三の目はどうしたんです、知り度いもんですね？　あなたはスフインクスを探し出しましたか？　あなたはルイスの殺害者を探し出しましたか？　あなたは人民をとり鎭めましたか？　番兵は私の戸口を見張つてゐる、私は私を憎み、私の死を願つてゐるところのものと共に殘されてゐる！

テイレジヤ　單なる邪信から……

ジヨカスタ　私は感ずる事が出來る、私はあなた方の誰よりもよくものを感ずる事が出來る！（彼女はお腹の上に手を置く）私はそこにそれを感ずる事が出來る！　ルイスの殺害者を發見する爲に、石を起し草を分けても捜査が續けられましたか？

テイレジヤ　奥さんは、スフィンクスがその捜索を不可能にしたのを御存知の筈です。

ジヨカスタ　ふん、私はあの鳥の臓物などにはちつとも興味を持ちませんよ……私は感ずる、ほら、……ルイスは悩み且つ訴へんとしてゐる。私はこの話の眞底を衝き度いのです。そして自分でこの若い番兵に聞くのです。えゝ、彼から聞きますよ、私はあなたの女王ですよ、テレイジヤ、それを忘れなさんな！

テイレジヤ　子供さん、貴女は貴女を崇拜し、貴女を見張り貴女が城壁の影を追駈けてゐる事の代りに、自分の部屋で眠つてゐればよいと願つてゐる盲人を、理解して下さらなければならん。

ジヨカスタ　（不思議さうに）　私は眠らない。

テイレジヤ　眠りませんか？

ジヨカスタ　そうです、ヂヂ、ねむれません、スフィンクスとルイスの殺人が私の神經を粉々にしてゐる、あなたの仰有る通りです。いつさう悪い事には、私がねむりに落ちさへすればすぐに夢を見るのです。唯一つの夢、そして一日中私は氣分が悪いのです。

テイレジヤ　夢を解說するのが私の役割ではありませんか？

……

ジヨカスタ　夢の場所はどつちかと云ふと、この廣場の様な具合です。そう云へます。私は子供の様なものをいたはりながら、夜の中に立つてゐます。突然この子供が私の指先に粘り付く粘つこい糊のやうな具合になるのです。私は叫ぶ、そしてこの糊を投げ捨てようとする、しかし……おゝ、ヂヂ……もしもあなたが判つて呉れるなら、それは狂氣…この物、この糊が私にくつゝいて離れない、そして私がそれから自由になつたと思ふと、その糊が飛返つて來て私の顔を撫で廻す、この糊は生きてゐる、それは自から私の口の上に密着する所の口を持つてゐる、それは何處にでも這ひ廻る、それは私のお腹でも股でも撫でる。なんといやらしい！

テイレジヤ　氣を鎭めなさい！

ジヨカスタ　私は最早ねむれません、ヂヂ、……私は最早ねむらうとは思はないのです。あの音樂を聞きなさい、何處からか知ら？　彼等もまたねむらない、彼等は音樂を持つてゐて幸福だ、彼等は恐れてゐる、ヂヂ……それは當然だ。彼等もまた恐しい夢を見るに相違ない、彼等もまた眠らうとはしないのだ、そして私がそれを考へてゐる間に、どうして此の音樂？　どうしてそれが許されてゐるのか？　私は眠りから逃れる爲に音樂を持つてゐますか？　私はそれ等の場所が夜通し開かれてゐるのかどうか知らない、どうしてこんな不謹愼な事が許されてゐるのです？　ヂヂ、クレオンは命令を發すべきだ、音樂は止められなければ！此のスキャンダルは直に止められなければなりません！

テイレジヤ　奥さん、私は貴女が氣をお鎭めなさる樣に、そしてそんな考へをお捨てになるやう警告します。貴女はねむれないので氣が變なのです。吾々は人々が頽廢しない樣に、勇氣を失はない樣に、それを許してるのです。さもなくば罪惡……勞働者街にダンスが無かつたなら、それは尙更酷い事になります！

ジヨカスタ　私はダンスをしますか？

テイレジヤ　それは別です、貴女はルイスの喪に服してゐます。

ジヨカスタ　彼等も皆そうです、ヂヂ、彼等も皆！　一人殘らず！　しかも彼等は踊る事が出來て、私は出來ない！　それは餘りに不公平です、私は……

テイレジヤ　誰か來る、奥さん！

ジヨカスタ　ねえ、ヂヂ、私は震へてゐる、私はすべて寶石類を身につけて來ました。

テイレジヤ　何も心配する事はありません、巡警の通る道で泥棒に會ふ氣遣ひはありません、それはきつと番兵です。

ジヨカスタ　私が探してゐる兵隊かも知れない？

テイレジヤ　動きなさんな、今判る樣にしますよ。

兵隊達が這入つて來て、ジヨカスタとテイレジヤを見る。

若い兵隊　おい、誰か人らしいぞ！

兵隊　何處から降つて湧いたのだ？（大聲に）其處に行くのは誰だ？

テイレジヤ　（女王に）いよ／＼來ましたよ、（大聲に）ちよつと、君達……

若い兵隊　合言葉！

テイレジヤ　ね、奥さん、我々は合言葉を持つてゐなければならないのです。貴女はとんでもない所に私達を引張つて來ました。

ジヨカスタ　合言葉？　どうして？　何の合言葉？　馬鹿らしい、ヂヂ、私が行つて自分で話しますよ。

テイレジヤ　奥さん、注意なさい、彼等は命令を受けてゐるのです。番兵達は貴女を知らないかも知れないし、また私を信じないかも知れない、それは危險です！

ジヨカスタ　何んてあなたはロマンティックなんでせう！　あなたは到る所に劇を發見なさる。

兵隊　彼等は互に囁いてゐます、多分彼等は吾々の上に飛掛りますよ。

テイレジヤ　（兵隊に）お前達は何も恐れる事はない、私は年をとつてゐて殆ど盲だ。どうして私が、それから私のお供申上げてゐるお方が、此處にやつて來たかを説明しませう。

兵隊　言葉無用、合言葉！

テイレジヤ　ちよつと、ほんのちよつと待つて、聞きなさい！　お前達、金貨を見た事があるかね？

兵隊　賄賂を使ふ氣か？

　彼は巡警の路を守る爲に右に行く、そして若い兵隊をテイレジヤに向けて殘す。

テイレジヤ　お前は間違つてゐる、私のつもりは、お前達は金貨の上の女王の肖像を見た事があるか？

若い兵隊　あります！

テイレジヤ　（横を向いて星を數へてゐる女王を示す）そして見覺えがあるか？

若い兵隊　私は未だ全く若い女王と、此の婦人との關係がさつぱり判りません。

ジヨカスタ　何んて云つてるんですか？

テイレジヤ　彼は奥さんが女王としては若すぎると云つてゐるのです……

ジヨカスタ　お世辭がいゝ！

テイレジヤ　（兵隊に）隊長を連れて來い！

兵隊　その必要はない、俺は命令を受けてゐる、出て行け！氣を付け！

テイレジヤ　後で判るよ。

ジヨカスタ　チヂ、今度は何んだね？　何んて云つてるんですか？

隊長　（現れる）どうしたんだ？

若い兵隊　隊長！　この二人が合言葉無しで、こゝいらを歩き廻つてゐるのです。

隊長　（テイレジヤの方に進みながら）お前は誰だ？（彼は突然テイレジヤを認める）これは貴方樣！（お辭儀する）まあどうしたらお詫び出來ませうか？

テイレジヤ　ぴゆふ！有難う、隊長、私はこの若い戰士にすつかり絞り上げられるところだつたよ。

隊長　どうしたら許して頂けますか？（若い兵隊に）馬鹿野郎！　あつちへ行け！

　若い兵隊は、最右端にゐる同僚の所に行く。

兵隊　（若い兵隊に）何んて失策だ！

テイレジヤ　彼を叱りなさんな！　彼は命令に從つてゐただけで……

隊長　この樣な訪問……この樣な場所で！　で、御下命は？貴方樣。

テイレジヤ　（女王を示す爲に振返つて）女王殿下！

隊長　（後すざりし、恭々しく距離を置いてお辭儀をする）令婦人！……

ジヨカスタ　儀式は拔き、どうぞ！　私はどつちの番兵が幽靈を見たのか知りたいのです。

隊長　その若い不器用な阿呆が、テイレジヤ様に失禮な眞似をして、そしてもしも奥さんが……

ジヨカスタ　ほう、ヂヂ、何んて運が良いんだらう、來て良かつた……（隊長に）彼にそばに來る様に云つて下さい。

隊長　（テイレジヤに）貴方様、この若い兵隊の云ふ事を、彼の隊長を通じて云はせた方が良く判るんぢやないでせうか？　それを女王は判つて下さらないでせうか？　つまりもしも彼が一人で話すとなると、女王様は危險を……

ジヨカスタ　今度は何、ヂヂ？……

テイレジヤ　隊長は、彼が人々を使ひ馴れて居り、むしろ彼を通譯とした方が良くはないかと云つてゐるのです。

ジヨカスタ　隊長をあつちにやりなさい！　その子供が舌を持たないのですか？　彼を呼び寄せなさい！

テイレジヤ　（隊長に向を變へて）主張しなさんな、女王は氣むづかしい……

隊長　よろしい……（彼は兵隊達の方に行く、若い兵隊に）女王がお前に話し度いと云つて居られる、言葉に氣を附けろ、此の始末は俺がつけるからね。

ジヨカスタ　此處に來なさい！

隊長　（若い兵隊を前に突出し）それでは行つた、行けよ！　この小僧、誰もお前を喰やしない、御免なさい、女王殿下若者達は宮廷の事には全く不馴でして……

ジヨカスタ　あの人に兵隊だけ殘して置く様に云ひなさい。

テイレジヤ　しかし、奥さん……

ジヨカスタ　しかし、しかしではありません……もしもこの隊長がちよつとでも長く居るなら、私は彼を蹴飛します。

テイレジヤ　聞きなさい、隊長（彼は彼を片脇に引張出す）女王は何か見たと云ふ番兵とだけになり度いんださうです。彼女はあなたに腹を立てるかも知れません、そうなると私にはどうにも仕様がない。

隊長　よろしい、おまかせします……私がとどまつたのは、もしかして……その……私は貴方に御忠告するつもりはありません。貴方様……だが、私と貴方だけとの事ですが、この幽靈物語にお氣を附けて下さい。（お辭儀をする）貴方様……（女王に長い敬禮、兵隊のそばを過ぎる）へつ！女王はお前の同僚とだけになり度いんださうだ。

ジヨカスタ　も一人の兵隊は誰です？　彼も幽靈を見たのですか？

若い兵隊　はい、女王殿下、吾々は一緒に番に當つてゐたのです。

ジヨカスタ　それなら、彼を殘しなさい、彼を共處にとどまらせて置きなさい！　もし彼が必要なら呼ぶから、今晩は隊長、あなたは行つてよろしい。

隊長　（兵隊に）後で始末をつけるから！（退場）

テイレジヤ　（女王に）　貴方はあの隊長をひどく怒らせてしまひました。
ジヨカスタ　良いかげん我慢した！　腹を立てるのは一般に普通の人で、隊長ではない。（若い兵隊に）幾つだね？
若い兵隊　十九歳。
ジヨカスタ　彼と同じ歳だ！　彼はその歳になつてゐる……何んて立派なんだらう！　そばに寄りなさい、御覽、ヂヂ、何んて筋肉だ！　何んて立派な膝だ！　膝で血統が判る。彼もまた、こんな具合だらう……ね？　立派だらう、ヂヂ、その腕に觸つて御覽、鐵の様だ……
テイレジヤ　失禮ですが、奥さん、ね……私は専門家ではありません、私にはそれがどんな具合か殆ど判りまん。
ジヨカスタ　では觸つて……調べて御覽。股は馬の様！　彼は逃げる！　恐れなさんな……お爺ちやんは盲だ、全く何を彼が考へてゐるのやら、この若者、彼はすつかり赤くなつた！　なんて可愛いんだらう！　十九！
若い兵隊　はい、女王殿下！
ジヨカスタ　（彼を揶揄つて）　はい、女王殿下！　なんと良い子だらう、あゝ！　氣の毒な！　多分彼は自分が男振の良い事も知らないんだ、（子供に話す様に）さてお前は幽靈を見たかね？
若い兵隊　はい、女王殿下！
ジヨカスタ　ルイス王の幽靈？
若い兵隊　はい、女王殿下！　王様は彼が王様だと云ふ事を吾々に告げました。
ジヨカスタ　ヂヂ……あなたは鳥だの星だので一體何を知つたのです？　この子供の云ふ事を聞きなさい……それで王様はなんと云ひました？
テイレジヤ　（女王を引張だして）　奥さん！　注意なさい、この若い人達はのぼせてゐて、氣が變で……向ふ見ずで……自分をお護りなさい、貴女は此の子供が幽靈を見たとそう思ふのですか、たとへ彼が見たとしても、それが本當に貴女の夫の幽靈でせうか？
ジヨカスタ　おやまあ！　何んてあなたはうるさいんでせう、うるさくてぶち壞しだ、何時でもあなたはやつて來てこれからと云ふところでぶち壞しをやる、あなたはあなたの分別と不信とで神祕を押込めてしまふ。どうか、此の子供を私だけで質問させて下さい、あなたは後でお説教すればよろしい、（若い兵隊に）ねえ……
若い兵隊　女王殿下！……
ジヨカスタ　（テイレジヤに）　とにかく彼がルイスを見たかどうかすぐに判りますよ（若い兵隊に）どうゆふ具合に彼は話しましたか？
若い兵隊　彼は早口で澤山話しました、女王殿下、とてもどつさりです。そしてこんがらがつて、彼は云はうとしてゐることがよく言へませんでした。

ジヨカスタ それは彼だ！　可愛想に！　しかし何故こうした城壁で？　濕氣……

若い兵隊 それです、女王殿下……幽靈は、こゝが濕めつぽくて、煙が上つてゐるので、現はれるのに都合がよいと云ひました。

ジヨカスタ まあ、面白い！　テイレジヤ、あなたは決してあなたの鳥からそんな事を學びはしませんよ。で彼はなんと云ひました。

テイレジヤ 奥さん、奥さん、貴女はすくなくともいくらか秩序立てゝ質問しなければなりません。貴女は此の若者の頭を完全にこんがらかしてしまひます。

ジヨカスタ その通り、チヂ、その通り、（若い兵隊に）彼はどんな具合だつた？どうしてお前は彼を見たかね？

若い兵隊 壁の中に、女王殿下、いはゞ透明な銅像の樣なものです。髭が一番よく見へます。そして話すと口の眞黑な穴、それから額のところに、眞赤な輝く樣な赤い痕。

ジヨカスタ それは血だ！

若い兵隊 成程！　それは氣が付かなかつた。

ジヨカスタ それは傷だ！　なんて恐ろしい！（その間にルイスの幽靈が現れる）なんて彼は云ひました？　貴女は云つてゐる事がわかつたか？

若い兵隊 それは樂ではありませんでした、女王殿下、私の同僚は彼が現れるのに非常に骨を折つて、その爲に彼自身を表現することも出來ず、見えなくなつてしもうのだと云ふ事を言ひました。彼は、どんな具合にやりなほしたらよいか、當惑してゐる樣子でした。

ジヨカスタ 可愛想に！

幽靈 ジヨカスタ！　ジヨカスタ！　妻よ！　ジヨカスタ！

彼等は全景を通じて、ルイスの幽靈を聞きもしなければ見もしない。

テイレジヤ （兵隊に呼びかけて）そしてお前達は、何かわかる事を澤山聞き出しはしなかつたか？

幽靈 ジヨカスタ！

兵隊 そうです、はい、貴方樣、吾々は彼が危險を知らせ樣とし、女王にも貴方にも、よく身を護つて欲しいと言つてゐたと諒解しました、それだけです。この前彼は彼が知つてはならないところの、ある秘密を知つてゐて、もしも發見されたならば、彼は再び現はれる事が出來なくなるであらうと云ふ事を說明しましだ。

幽靈 ジヨカスタ！　テイレジヤ！　私が見えないか？　私が聞えないか？

ジヨカスタ 何か他の事を彼は云はなかつたか？　なにか特

殊な事を云はなかつたかね？
兵隊　あゝ、そうです、女王殿下！　多分彼は吾々が居る所では何も特別な事を云はふとはしなかつたのです。彼は貴女を尋ねてゐました。それで何故私の同僚が、貴女にお知らせしたかと云ふ理由です。
ジヨカスタ　まあ！　お前さん達！　そして私は來た、私にはよく判つてゐた、私はそんな氣がした！　ね、チヂ、あなたのすべての疑をもつてしても。で、若い兵隊、幽靈が何處に現れたか知らせなさい。私はその場所に觸つて見たいのです。
幽靈　私を見て！　聞きなさい、ジョカスタ！　氣をつけてあなたは、前は何時でも私を見た、どうして今は見ないんだ？　これは苛みだ、ジョカスタ！　ジョカスタ！

それ等の言葉が交はされてゐる間に兵隊は幽靈の居る場所に行く、彼はその場所を手で觸る。

兵隊　そこです、（彼は壁を叩く）壁のこゝんところです。
若い兵隊　或は壁の前のところ。はつきり云ふのはとてもむづかしい。
ジヨカスタ　何故、彼は今晩現はれないのか？　お前達はまだ彼が現れる事か出來ると思ふかね。
幽靈　ジョカスタ！　ジョカスタ！　ジョカスタ！
兵隊　お氣の毒ですが、奥さん、昨晩の出來事の後では疑はしいですね、いくらか騒ぎが大きすぎましたからね、女王殿下のお出では遲すぎたかも知れません。
ジヨカスタ　何んて事だらう！　いつでも遲すぎる、チヂ、私は何時でも全國内の中で知らされるのが一番最後なんです。あなたの鳥や託宣に浪費された時間を考へても御覽、吾々は走らなければ、推察しなければならなかつたのです。吾々は何んにも知る事が出來ない！　そして變事は持上る、みんなあなたの故ですよ、チヂ、あなたの故ですよ、いつもの様に。
テイレジヤ　奥さん、女王はそうした人達の前で話して居られます。
ジヨカスタ　えゝ、私はそれ等の人達の前で話してゐる！　私はいくらか愼まなければならないのですか？　ルイス王、死んだルイス王がそれ等の人の前で話したのに。しかし、彼はあなたには話さなかつた、チヂ、又クレオンにも、彼はお寺にも現はれなかつた、彼は巡警の道でそれ等の人に、そんなに美貌で……十九のこの子供に現はれた……
テイレジヤ　私は貴女に警告する……
ジヨカスタ　えゝ、私はゆき過ぎてゐる、あなたは理解して下さらねばならん、さうした危險、この幽靈、この音樂、このいやな臭ひ……そして嵐が來さうです、私はそれを肩に感ずる、私は息がつまりさうです、チヂ。

幽霊　ジョカスタ！　ジョカスタ！

ジョカスタ　私の名前を呼んでる様な氣がする、何か聞えませんか？

テイレジヤ　小羊さん、貴女は疲れ切つてゐる、夜が明けますよ、貴女は立つたまゝで夢を見てゐるのです、貴女はこの幽靈ごつこが、眠らないで、この陰欝な濕つぽい雰圍氣の中で見張をしてゐる若い人達の疲れから來たのかさへも知れないとは思ひませんか？

幽靈　ジョカスタ！　御慈悲だから聞いて呉れ、私を見て呉れ！　紳士諸君、貴方がたは親切だ、女王を捉まへて、テイレジヤ！　テイレジヤ！

テイレジヤ　（若い兵隊に）ちよつとこつちへ、私は女王に話したいのだ。

若い兵隊は同僚の所に行く。

兵隊　どうだ、兄弟！　ちよいと好かれたぞ！　彼女は參つてるぞ！　女王に可愛がられたのか、え！

若い兵隊　おい、おい！

兵隊　お前は有頂點だぞ、お前の仲間を忘れるな。

テイレジヤ　聞きなさい！　鷄が鳴く、幽靈は戻つて來ない、さあ、歸へらう。

ジョカスタ　あなたは彼がどんなに美貌だつたか、見ましたか？

テイレジヤ　そんな悲しい事を繰返へしなさんな、小羊さん！　もしあなたが子供を持つてゐたならば……

ジョカスタ　もしも私が子供を持つてゐたなら、美貌で、勇敢で、謎を解いて、スフインクスを殺すでせう。彼なら勝つて歸りますよ。

テイレジヤ　そしてあなたは夫なしでやつて行く……

ジョカスタ　小さな子供はいつも云ふ、「わたしは大人になつて、　　　と結婚するんだ」ね、テイレジヤ、そうした夫婦よりも、より濃やかで、より殘忍で、より誇らしいものはない。子供と若いお母さん？　聞きなさい、チヂ、ほら今私がその若い番兵に觸つた時に、神樣のみが、彼が何を考へたか御存じです。そして私自から殆ど氣絶しそうだつた。彼は十九であらう、テイレジヤ、十九！　この兵隊と同じ歳、どうして、この類似故にルイスが彼に現はれなかつたと云へるであらうか？（鷄鳴く）

幽靈　ジョカスタ！　ジョカスタ！　ジョカスタ！　テイレジヤ！　ジョカスタ！

テイレジヤ　（兵隊達に）お前達、もう待つてゐても仕方あるまい！

幽靈　御慈悲だから！

兵隊　ほんたうに、もう駄目です、あなた樣、鷄が鳴いてゐる、もう彼は現はれませんよ。

幽靈　紳士諸君！　御慈悲！　私が見えませんか！　私が聞えませんか？

ジヨカスタ　行きませう！　そうしませう、だが、私はその子を質問して非當に良かつた。あなたは彼の名前と彼の住所とをしらべて置いて下さい。（彼女は階段の方に行く）私は階段をすつかり忘れてゐた、ヂヂ！……あの音樂が氣持を惡くする、ね、吾々は小さい街から市街の方に戻つて行つて、ナイトクラブを訪問しませう。

テイレジヤ　奥さん、ほん氣ですか？

ジヨカスタ　あゝ、またあなたは始めた！　あなたは私を氣狂ひにする！　私は氣が狂つてしまふ、私はベールを被つてゐる、ヂヂ、どうしてあなたは私が見付けられると思ひますか？

テイレジヤ　子供さん、あなたはみんな寶石を身につけて出て來たと云ひました。あなたのブローチだけでも卵の樣に大きな眞珠がついてゐます。

ジヨカスタ　私は殉教者だ！　他の人は笑つたり踊つたり慰められたりする事が出來る。あなたは、私が誰でもの目を驚かすところのこのブローチを、御殿に殘して來ると思ひますか？　番兵を呼んで、彼に私を此の階段を助け降すやうに云ひつけなさい。あなたは後からついてゐらつしやい。

テイレジヤ　しかし奥さん、此の若者が、あなたを引附けた後で……

ジヨカスタ　彼は若くて強い、彼は私を助けるでせう、さうすれば私は首を折らないで濟む、一度でいゝから、あなたの女王に從ひなさい。

テイレジヤ　ひつ！……いや、彼……はい、お前……女王を助け降しなさい……

兵隊　さうらね、御老人！

若い兵隊　（近附きながら）はい、貴方樣。

幽靈　ジヨカスタ！　ジヨカスタ！　ジヨカスタ！

ジヨカスタ　彼はふるへてゐる！　この段々が私を憎んでゐる、段々、鉤、スカーフ、そうです、それ等が皆私を憎んでゐる、私を殺さうとしてゐる、（叫ぶ）ほう！

若い兵隊　どうかなさいましたか、女王？

テイレジヤ　いえ、馬鹿な！　お前の足！　お前の足！

若い兵隊　どの足？

テイレジヤ　お前の足がスカーフの端を踏んでゐる、お前が女王の首を縊つてしまふ。

若い兵隊　神様！

ジヨカスタ　ヂヂ、あなたは唯もう滑稽です、可愛想な人、あなたは彼があなたと同じ樣に此のスカーフの上を歩いたと云つては、人殺し呼ばはりをする。氣を惡くしなさんな。

息子さん、あの人は全く可笑しい、人々の氣を惡くする機會を失はないんだから。

テイレジヤ　しかし、奥さん……

ジヨカスタ　あなたは不器用な人です。來なさい、有難う、息子さん、お前の名前と住所とをお寺に知らせなさい。一、二、三、四、……素的だ！　ヂヂ！　ね、こんなにうまく降りて行けるんですよ。十一、十二、……ヂヂ、あなたはついて來てゐますか？　後二段、（兵隊に）有難う、もう自分で歩けます、おぢいちやんを助けて下さい。

ジョカスタ、テイレジヤと共に左に見えなくなる、鷄の鳴くのが聞かれる。

ジヨカスタの聲　あなたの故で、私は私の氣の毒なルイスが何を欲したか到底知る事が出來ません。

幽靈　ジョカスタ！

テイレジヤの聲　その話は、すべて曖昧糢糊としてゐます。

ジヨカスタの聲　え？　曖昧糢糊？　どういふ積りです、曖昧？　第三の目で曖昧なのはあなたです。あの子は彼が何を見たかを知つてゐる、王様を見たといふ事を知つてゐる、あなたは王様を見ましたか？

テイレジヤの聲　しかし……

ジヨカスタの聲　あなたは彼を見ましたか？……見ない……そう……それは驚くべき事で……まるで……（二人の聲が聞えなくなる）

幽靈　ジョカスタ！　テイレジヤ！　御慈悲！

二人の兵隊　（幽靈を見つけて）おゝ幽靈！

幽靈　紳士諸君、やつと！　助かつた！　私は叫びつゞけ、呼びつゞけ……

兵隊　あなたは其處に居たのか？

幽靈　女王とテイレジヤとお前達の話ぢゆう、どうして私は見えなかつたのか？

若い兵隊　走つて行つてつかまへませう！

兵隊　止まれ！

幽靈　なんだつて？　何故止めたのか？

若い兵隊　行つて來ませう……

兵隊　指物屋が來ると椅子は直つてゐる、お前が靴屋に行くと足の痛い所が直つてゐる、醫者に行くと病氣が癒つてゐる。つかまへて來ればいゝ！　彼等がやつて來た時には幽靈は居なくなつてゐる。

幽靈　あゝ、この單純な人達は、坊さんさへ見抜くことの出來ないことを知つてゐるのか？

若い兵隊　行つて來よう。

幽靈　遲すぎる……止まれ。もう遲すぎる、私は、見附かつた、彼等がやつて來る、彼等が私を連れ戻す、あゝ！　其處に來た！　助けて！　助けて！　女王に告げなさい！

若い人がテォベに近づいて來る、そしてそれは決して……いや！　駄目だ！　御慈悲！　御慈悲！　とうとうつかまつた、助けて！　最後だ！　私……私……御慈悲……私……私……

長い間二人の兵隊は聽衆に背を向けて、幽靈が見えなくなつた壁の中の場所をいつ迄も調べてゐる。

兵隊　あんまり良い氣持はしない！

若い兵隊　全く。

兵隊　吾々の及ばないところのものだ、兄弟。

若い兵隊　しかし、明かな事は、死にも係はらず・その男はどうでもこうでも彼の妻に襲ひかゝる危險を警告せんとするにあつたのだ。俺の義務は女王と高僧とに追ひついて、吾々の聞いたばかりの言葉を一言一言繰返すのにあるのだ。

兵隊　お前は女王のところに行き度いのか？（若い兵隊は彼の肩をつぼめる）では……それでは、彼は彼等に、彼等がゐる時に、現はれて話すべきだ。吾々は自分達で彼を見る事が出來た、だが彼等は出來なかつた。彼等は吾々に、彼を見る事さへもさまたげた、ざまみろ！　これは死んだ王が單なる市民になる事を意味する。氣の毒なルイス！　今や彼は地上のお偉ら方に近づくのが如何に易しいかと云ふ事を知つた。

若い兵隊　だが、吾々は？

兵隊　おゝ、吾々！　吾々は誰とでも接觸する事が出來る。この野郎……しかし、判つたか……隊長とか、女王とか、高僧とかは……いつでも、それが起る前か、終つてしまつた後でなければ現はれない。

若い兵隊　それつてなんだ？

兵隊　俺が知るものか！　俺は自分を知つてゐる、それつきりよ。

若い兵隊　で、お前は行つて女王に警告しないのか？

兵隊　一言忠告を、女王は女王に委して置け、幽靈は幽靈に委して置け。兵隊は兵隊同志よ。

樂の吹奏　――　幕　――

（次號に續く）

長男

竹田敏行

お時さんの家は坂の中途にある。この坂の上はお屋敷町で、朝早くや夕方には、重い門の扉が玉砂利の上を滑る音が、丁度夏の宵に遠雷の響を耳にするやうに聞えて來る。お時さんは坂の上に住む人を知らない。彼女の家の直ぐ裏手から地面の差額だけ築き上げたお屋敷の高い石垣の上は、蓊鬱たる栗の林が翳を落して來るばかりである。秋になると、彼女の長男がこつそり石垣をよじて栗を盗みに行つた駄賃に、お屋敷の動靜を偵察して來る。今日は瘠せた男の人が庭で日向ぼつこして居た、とか、今日はお婆さんが廊下を歩いて居た、とか報告した後で、いつも驚歎した顔付で、「お屋敷の廊下は長いんだぜ」と言つた。

「お屋敷のものを取りに行くんぢやないよ。」とお時さんが長男を叱る。

「それだつて、あのお屋敷ぢや誰も栗なんか拾やしないや。」

「もつたいないことね。」

「もつたいないつたつて、お屋敷は大きいんだからね。母《かあ》さん、お屋敷の廊下は長いんだぜ。だけど、あれぢや歩くのが骨だな。こないだのお婆さんは廊下で中休みして居たもの。」

二人の間には毎年こんな會話が繰り返される。然し、この時期が過ぎるとお屋敷の噂は二人の話題から消えてしまふ。そして、今一度この會話を想ひ出させる爲に、寒い朝、竹箒を手にしたお時さんを惱ます栗の落葉が、掃いても〳〵裏手と屋根に降つて來る。お時さんは時々掃く手を休めて秋の空を半分がた掩ふ栗林を見上げる。お時さんの眼には秋の空と一緒に栗の林を恨む色が寫る。落葉で樋が傷む、傷む、とこぼす。然し、お屋敷に抗議を申し込まうなぞとは考へない。そんな時不思議に彼女は長男の言葉を想ひ出す。そして、唯、お屋敷の廊下は長いのだ、と思つて居る。

坂の下には貧民が住んで居る。坂の中途に立つと、黒いトタン屋根の長屋がごた〳〵と通りを挾んで並んで見える。空壜屋だとか、錻力屋だとか、研物、敲き大工、仕立直し、按摩鍼治、指壓療院だとかゞ、子供の多いきたない道路の兩側に巣喰つて居る。この道路は一町程して郊外軌道の小さな驛へ出る道路である。朝坂を下りて行く人々が、この小さな驛から彼等の仕事の待つて居る都會の方へ運び去られて行く。夕方になると、また次の日坂を下りる爲に、疲れた黄色い皮膚をしてこの坂を登りに歸つて來る。彼等はお屋敷町の向ふの文化住宅地か、さもなければアパートに住む人間に違ひない。だが、お時さんは用事が無いので、そつちの方角へはめつたに足を運ぶことがない。從つて、お時さんの腦裏には彼等は唯、坂を上り下りする人間としてのみ刻まれる。「この坂は下りるにやいゝけど、歸りに登るには樂ぢやなからうよ。」なぞと時折同情する。けれども坂を上り下りする人間はお時さんの同情なぞを斟酌しちや居られない。毎日營々として坂を下り、孜々として坂を登つて行く。

坂を半分がた登つた片側に門がある。お時さんの家を含む六軒の家に共通の門である。共通の門を持つ六軒の家は、一軒一軒獨立して行儀よく坂の中途に四方屋根の瓦を並べて居るやうに見える。所が、これは大家が體裁よく他人の眼を胡麻化そうといふ魂膽に過ぎない。六軒とも實は長屋である。

お時さんはもうずつと以前からこの長屋に居る。夫はこの長屋に來る前に死んだ。始めつから長屋に居たわけではない。夫の有る時分には庭のある家に往んで、相當な暮しをして、誰から見ても奥さんと言はれて自他共に許す生活をして居た。夫は軍人で、然も軍人らしい性質の男であつた。獵と釣と撞球がこの上もなく好きだつた。それから生物《いきもの》が好きで、犬を三匹に、鷄を十數羽に、十姉妹と、鶯と、その上まだ眼の見えない雲雀の子まで何處からか摑へて來て育てて居た。金の事はてんでわけがわからなかつた。その事では度々妻君と喧嘩をした。そして、自分でも本當は弱つて居て、「何だ、くよ〳〵するな、なるやうにしかならん。」と言つた。軍人としては極めて有能な人物と目されて居たが、副官型ではなかつた。それだから進級は格別よくもなかつた。その代り部下をとても可愛がつて、死んだ時には兵卒が皆來て玄關で泣いた。

夫は陸軍中佐になつて、それから間もなく死んだが、金目のものは何も殘らなかつた。死んだ後で親友だと稱する人間が澤山やつて來て、遺品にだとか憶ひ出にだとか言つて、鐵砲や釣竿や犬や鷄やをみんな貰つて行つてしまつた。或る同僚はもう何も貰ふものが無かつたので、お時さんを貰ひたがつたが、お時さんはこの時だけ斷つた。かうして殘されたお時さんと息子とはこの坂の中途の家に引つ越して來た。

お時さんは始終病氣勝ちであつた。いつの頃からか咳が出て、夜も眠れなかつた。針仕事をして居ると肩が拔けるやうに痛み、眼の前がふら〳〵した。何といふこともなくて熱が出たり、頭が痛んだりした。妹婿が醫者だつたので診て貰つたところ「そりや、多分肺が惡いんだ、用心しなけりやな。」と言つた。お時さんはびつくりして大變なことになつたと思つた。けれども彼女は朝早くひとりでに眼が覺めるので、息子が學校へ行く仕度をする習慣を止めるわけにゆかなかつた。病氣は一時だん〳〵悪くなつたが、いつ罹つたかわからなかつたやうに、またいつよくなるともなく快方に向ひ始めた。咳は出なくなり、熱も下りた。唯、時々眼の前がふら〳〵するやうな氣分になることは屢々ある。それでも矢張り六時におきて、息子が八時に學校に間に合ふやうに仕度をする。それは何でもないことである。反つて息子が冬休みに田舍の祖父の所へ遊びに行つてしまつて、一人殘されたりすると頭が痛んだり胸が痛んだりして寢込む程である。

お時さんには子供が二人あつた。だが、下の子は三つの時に百日咳と蕁麻疹で死んだので、長男だけが結局殘つた。この長男の方はどん〳〵大きくなつて、今では中學の一年生である。次第に父親とそつくり同じ性質になつて、特に怒つたり怒鳴つたりする時は生き寫しだとお時さんは言ふ。

「うちの子は出來が悪いんでしてね。ねえ、貴方、體操が甲なばかりで、あとはみんな乙だの丙だの取つて來るんですよ。みつともなくて話になりませんよ。頭が悪いんでせうかね。」とお時さんはよく誰にでも愬へる。「一體かういふ子はどう扱つたらいゝもんでせうか、どうしたもんでせう。」それでもまた誰か自分の息子の悪口を言やあしないかと思つてそれが心配である。「さうですね、あれで氣象だけが眞直でしてね。何と言つても氣象さへよければ將來何がにならないもんでもありませんからね。」と言ひわけする。息子の話を始めるとお時さんはしつこくなる。そして、息子のことについてあらゆる知識を得ようと思つてあせる癖に、どんな忠告もまるで信用することが出來ない。息子を讃めると、これは信用出來ない疑はしい人間だと思ふ。悪口を言へば當然腹を立てたくなる。

長男は乙だらうが丙だらうが、お時さんが叱言を言はうが平氣である。恬淡な所は父親に似て居る。それどころか試驗前になると、「若しかすると今度は本當に落第するかも知れないよ。」なぞと言つて逆にお時さんを脅かしたりする。以前はよく長男を物置へ入れたり、物差しで敲いたりしたものだが、この頃では長男の方が強くなつた。いつだつたか、嫌といふ程背中を叩き返されて二日も寝ついてからは、暴力に訴へることの非をお時さんは覺つた。

　長男は勉强はしない代りに、坂の下の理髪店の小僧だとか、風呂屋の番臺だとか、そんな者ばかりを親友に澤山持つて居て始終家へ連れて來る。この性質も父親に似て居る。お時さんの夫は軍人の癖に、自動車屋の主人だとか、肉屋の亭主だとか、釣堀の親爺だとかいつた手合ばかしと附き合つて、近頃の軍人にやろくな奴は居らん、車夫馬丁の方が餘程人間らしくて氣持がいゝ、なぞと言つて居た。長男は別に「人間らしい」とも「氣持がいゝ」とも言はなかつたが、大方かういふ手合の方が氣が合ふのだらう。なかでも禱り屋の息子の小野村といふのが一番よくお時さんの所へやつて來る。小野村は丸く太つた體格のがつしりした子で、未だ年が十五な癖に口の端に薄髭を生やして居る。とても辯舌が巧みで、大抵の大人でも敵《かな》ひはしない。中學へも行かないのに、六ケ敷いお經だの說敎の文句だのを知つて居て「檀家」だと稱する家へ出掛けて行つて講話なぞをやつて謝禮金を貰つて來る。誰の前へ出たつて人怖ぢすることがない。その代り女買ひでも何でも、大概な悪いことは覺えて居る。何故だかわからないが小野村はお時さんの長男のことをとても贔屓する。「あの子はいゝ子だよ、いゝ子だよ。」とお時さんに言ふ。「何處つて取柄はないが、人間がいゝよ。」普段はこんなに言つて讃めるが、どうかすると急に思ひ直したやうに悪口を言ふことがある。

　或る日曜日、もう夏といつていゝ氣候の頃だつたが、小野村が浴衣の上に親爺の絽の羽織を胡麻化して着た、變挺な扮裝《いでたち》でぶらりとやつて來た。

「何だい、小野村、その恰好は」と長男は笑ひ出しながら言つた。

「何だいつて、お前、こりや絽だぞ、誰も居ない間にこつそり簞笥から出して着て來たんだ。親爺の看板みたいなもんだ。」

「絽だか何だか知らないけど、變な恰好だな。」

小野村はそれでも平氣で、突然お時さんに向つてこんなことを言ひ始めた。

「叔母さん、つく〴〵考へて、こんな親不孝な子は今の中に追ひ出しちまつた方がいゝよ。」

今度はお時さんが驚いて笑ひ出した。

「何さ、小野村、今日は變な様子をして來て、また何だつてつく〴〵そんなことを考へたのよ。」

「人間はいゝんだが、この調子ぢや、將來の見込みがないね。見てて御覧よ、末はろくな往生は遂げないから。請合ふよ。」

「やなことを請合ひやがるなあ。お前だつて末はろくな往生ぢやなさそうだぜ。」と長男は机の前に坐つて、自分の膝小僧を抱きながら口を出した。

「そりや、ろくな往生ぢやないかも知れないけんど、俺はちやんとお錢《あし》でもなんでも取るものは取つて來るからね、ねえ叔母さん。」

「あんたは遣り手だから、食ふには困らないだらうさね。」とお時さんは自分の子と小野村とを見較べた。

「こないだは岡山まで行つた。料理屋の女を集めて説教しに行つたよ。」

「お前みたいに悪い奴がかい、驚いたなあ。」と長男は呆れたやうな感心したやうな半分々々の顔をして言つた。

「ところが、俺あ、ちやんと奴等を口説く急所を知つてんだ。」小野村はわざと眼を鋭くして敏捷《はしこ》そうにキョロ〳〵として見せた。

「はゝ、その顔ぢやいよ〳〵だよ。小野村、俺のことより、お前自分の往生の方を氣をつけた方がいゝぜ。」

「俺はどう轉げたつて大概のこたあやるさ。氣になるのはお前だよ。」

「そんなに見えるかあ、やだね、やつぱし俺は駄目かな。」

「やつぱし、つて、お前なにか成る當があんのかい。」

「いや、別にないがね。勉强は嫌ひだし、そうだな、勉强は嫌ひだから、何處かへ行つて人格でも造つて來るかな。」

「何處へ行つたつて、そう簡單に人格が出來るもんかい。」

「だけれど、かう毎日家に居て、はたからお袋に勉强しろ〳〵つて言はれたつて、そう人格も勉强も一ぺんに出來やしない。」

「まあ、どつちにしても俺あ心配だよ。」

　小野村はさも心配なやうな意味有り氣なやうな様子をして歸つた。後でお時さんは急に心配になつて來た。二三日學校の先生のところや親戚の家へ息子のことを相談に歩き廻つた。そして、息子の將來を頼んだり、修養の本を借りて讀んだりして、やつと少し氣分が落着いた。然し、肝腎の長男はまるで小野村の言つたことなぞ氣に病む模樣はなくて、もう一週間もすると一學期の試驗が始まるのに、とんと勉强に身が入らなかつた。それどころか、或日學校から歸つて來ると、いきなり、

「母さん、自動鉛筆削りを買つてよ。よく削れるんだぜ。鉛筆を差し込んで。かうハンドルを廻すだけでもう削れてるんだからね。」と言つた。お時さんが、買はない、と言ふと、自動鉛筆削りがなくちや勉强が出來やしないだとか、鉛筆を削る勞力は大したもんだとか、田代だつて山村だつて持つて居るとか、理窟を並べた。それでも、買はない、と言ふと、よーし買つてくれないんだね、と何か思ふところがあるやうな振りをして遊びに出掛けた。

　それでもその日、晩飯後に長男は一時間ばかり机の前に坐つて、落着かなそうに貧乏ゆすりして居た。そして、息子の後に坐つて冬物をほどいて居るお時さんが、試しに質問を發して見ると、喫驚《びつくり》して夢から覺めたやうに途方もない答へをした。

「佛敎の傳來はいつですか。」

「紀元前六百年！」

「何を言つて居るんです。」とお時さんは情けなさゝうに言ふ。

「あゝ、そうか、そうか。」と長男は簡單に前言を取り消して、改めて貧乏ゆすりを始めながら本の頁をめくり出す。

「あれは、こゝいら邊かな……ねえ、母《かあ》さん、自動鉛筆削り買つてよ。あれがありやあ、歴史も地理も代數も甲になるんだがなあ。」

「駄目ですよ。」

「それが駄目なら、自轉車。」

「駄目、駄目。」

「ぢや、自動車。」

「馬鹿だね、自動車を買へばどうするのさ。」

「自動車を買へば、ガソリンがいらあ……ねえ、母さん、矢張り自動鉛筆削り買つてよ。」

「勉强なさいよ。」

「本當に駄目かい……それぢや、何でもいゝから何か買つてよ。」

お時さんは返事をしないで居た。そして、今度息子が何か言つたら本當に怒らうと思つた。ところが長男はいつもと違つてもう何も言はなかつた。自動鉛筆削りは始めから到底實現不可能だと考へて居たのかも知れない。お時さんに飛白《かすり》の背を見せて唯貧乏ゆすりをするばかりであつた。何かだお時さんの眼にそれが妙に元氣なく見え、淋しい心持がした。

翌朝、蒲團の中で眼を覺ました時、お時さんは眞先きに自動鉛筆削りを思ひ浮べた。お時さんは今迄自動鉛筆削りなんぞ見たことも聞いたこともなかつたが、今はそれが眼に見えるやうな氣がした。お時さんは自分達を支へて居るわずかばかりの恩給のことを考へた。息子にだん〳〵金が掛つて來ることを考へた。然もその息子が將來ろくなものになりさうにないのを考へた。この將來といふのが常々お時さんには大變惡いものゝやうに思へた。それにもかゝはらず、今日は自動鉛筆削りか何か避けられない出來事のやうに彼女の頭を占領して居た。何か避けられない、或ひは何か樂しいと言つてもいゝやうな出來事になつて彼女の頭を占領した。長男はまだ彼女の横で寢息を立てゝ居た。枕を疊の上にはねのけて、片腕を頭の下に敷いて仰向けに眠つて居た。その寢相《ねざう》は死んだお時さんの夫にそつくりそのまゝであつた。

　長男はいつもの通り八時にやつとこさ起された。朝飯をそこ〳〵に濟ますと、一度玄關へ出てから忘れ物を取りに幾度も茶の間の机の前へ戻つてうろ〳〵した。そして、最後に大きくふくらんだ鞄を抱へて、筆入れの音を賑かにガチヤ〳〵させながら走つて坂を下りて行つた。鉛筆削りのことは何も言はなかつた。忘れたに違ひない。お時さんは筆入れの音が坂を下りて行くのを暫く聽いた後、例のやうに一時間ばかりぼんやりした。眼の前がふら〳〵した。それから、部屋を片づけて、天氣がよいので洗濯物を濟ますと、やつと茶の間に落着いた。晝飯を食べない習慣なので、午後からの時間が長男の歸つて來るまで暇になつた。茶の間に坐つたかと思ふと、矢張り自動鉛筆削りが眼に浮んだ。若しかしたら小學校の前の文房具店に賣つて居るかも知れない――お時さんは急にその鉛筆削りが見てみたくなつた。で、思ひ立つて立ち上り、古ぼけた日傘を差して驛の向ふへ坂を下りて行つた。もう可成り往來は陽差《ひざし》が暑くて、石垣の上の栗林ではミン〳〵蟬がお時さんの後姿に浴びせかけるやうに鳴いて居た。お時さんは模樣がぼやけて茶色つぽい縞になつた日傘を頭からすつぽりかぶるやうに差して、踏切りを渡り小學校の方へ行つた。

　丁度、小男の才槌頭をした文房具屋の亭主が、格子縞の安銘仙みたいなのを着て、まるで芝居の番太郎のやうに尻をからげて店先で櫻紙を整理して居た。この男は蒼黄い顏をして、おまけにめつかちだつたが、贋金を見付けるのが名人だといふ噂だつた。本當に贋金を見付けたのは一ぺんきりだつたが、よく「こりや、贋金だ」と言つてはぢつと片眼で睨んで、お金に唾をつけて擦つたりした。それで小學生達は先生と同じ位この亭主を畏れて居た。

「へ、いらつしやいまし、いゝお天氣で。」と亭主は人影が店先に立ち止つたのに氣附くと言つた。

「どうも暑うがすね。」

亭主はお時さんをよく覺えて居た。長男がこの向ひの小學校に通つて居た頃、お時さんが始終文房具を買ひに來て、値切つたり、小切つたり、品物にけちを附けたり、したからである。

「鉛筆を貰ひに來たんですがね。」と言つてお時さんは日傘を疊んで店内を見廻した。亭主は先に立つて店の内へ案内した。

「この青いの位ぢやいかがです。木もやはらこざんすが。」

だが、お時さんはこの店の品なら亭主よりよく知つて居た。すぐよさそうなのを擇んで二本鉛筆立てから引き抜いた。亭主は横を向いて、額の禿げ上つた才槌頭を左右に動かして居たが、默つてお時さんが擇び出した鉛筆を包紙にくるんで渡した。お時さんはそれを受けとると未だお金を拂はないで、もう一度店内を見廻した。亭主は兩方の手をぶらんと下げて、不安そうな顔をして一つしかない眼でお時さんの眼の行く先を追つて居た。

「近頃よく子供達が言ふ、何でしたか、自動鉛筆削りとかいふのは有りますか。」

お時さんは不意に亭主の方に向き直つて言つた。

「自動鉛筆削り、ね、へえ、有ります。」亭主は片眼を光らせて、奥の棚の抽き出しから急いで小さなボール紙の箱を持つて來た。そして、勘定臺の上でそれを開いて、中から製品を出して臺の上に立てゝ見せた。長男が言つたやうに鐵のハンドルが附いて居て、その反對側に鉛筆を差し込む口があつた。眞中が黄色いセルロイドの胴になつて居た。お時さんは製品を手に取つて、丹念に檢べ出した。何だか想像して居たよりはいやにあつけなく思はれた。

「このセルロイドの中は何が這入つて居るの?」

「なんにも這入つてやしません。」

「ぢや、空《から》なのね。」

「へえ、空です。」

お時さんはもう一度よく製品を檢べて見た。

「近頃の子供は皆こんなものを持つて居るんですかねえ。」

「さいですな。子供ばかりぢやざんせん、方々の事務所でも今ぢや皆これを用ひます。誰がつかつたつて、奥さん、こいぢや恥かしくないでさ」

「値段はいくらもするものなの。」

「えーと、三圓と五十錢で、へえ。十錢おまけしときませう。大體がこりや事務所用のもんでさね、大人用でさ。」亭主は相手がうつかり買つてしまふ程愛想をよくして製品をボール箱に包み始めた。

「でも、それぢや、子供には贅澤品ですね。またこんだにしようか知ら。」

お時さんは鉛筆の代を拂つて、店の外に出た。お時さんの姿が店から離れると、亭主は自動鉛筆削りを丁寧に仕舞ひ込みながら舌打ちをした。

「チェッ、高いもんなら買つたことなしだ。」

だが、五六間行つてからお時さんは往來に立ち止つた。そして、才槌頭の、小男の、めつかちの亭主が驚いたことに、その自動鉛筆削りを買ひに戻つて來た。

息子は學校から歸つて見ると机の上に自動鉛筆削りがあるので、喜んで飛び上つて、そして二日の間に一ダースの鉛筆をみんな削つて屑にしてしまつた。學期の終りが來たが、歴史も地理も代數も甲にはならなかつた。お時さんはまた二三日先生のところや親類の家へ出掛けて廻つて、息子の將來を賴んだり、自分の爲に修養の本を買つて來て讀んだりした。

お時さんといふのは實は私の義母《はゝ》のことである。

（昭和十六年六月十日）　（完）

文化再出發の會について

この會合は政治運動及び政治運動の一部分を目標とするものでありません。むしろ白紙にかへつて、民族の生活の根柢たるべき文化を批判檢討し、そこからあらゆる運動への、時代の動向への關聯を持たせたいと思ふのであります。こゝでは、文化は自主的であり、科學的追及に堪へるものであり、それだけを對象としてもそれだけを切離しても、尙且つ當面の重大問題たるべき種類のものでなくてはなりません。

わが國の文學及び藝術が、その社會性に於て缺くるところがあつたとの非難は、自他共に許すところのもので、さうした過去が連綿として續いてきたのであります。そして、幾多の新しい運動は、その未熟さに於て蹉跌し、生活の推進力となるだけの傳統をつくらなかつたのであります。そして、今日、文學及び藝術、廣汎な意味での文化全體を、他動的に、人爲的に、左右するといふことは當を得ないのであります。そしてそれは不可能な事であり、實績のあがるものでもありません。だが、それはそのまゝではあり得ないもの、停止を許されないものであります。文化再出發の企ては、實に生活の眞髓に於て、何か明朗ならざるもの、希望を阻止するもの、さうしたものを爆撃し、東亞の有機的未來に向つて、共同の智囊をしぼらんとするものであります。文化再出發は、マネキン主義、機械主義から、東亞を絶緣する意味に於て、その使命をあらゆる運動中の運動たらしめたいと思ひます。